THE OLD MAN
AND
THE SEA

ERNEST HEMINGWAY

CHARLES SCRIBNER'S SONS, NEW YORK

1952

노인과 바다 오리지널 초판본 표지 디자인

1판 1쇄 펴냄 2026년 2월 12일

지은이   어니스트 헤밍웨이
옮긴이   최영열
해설   노동욱
펴낸이   하진석
펴낸곳   코너스톤
주소   서울시 마포구 월드컵북로5가길 8-6
전화   02-518-3919
ISBN   979-11-90669-79-5 03840

노인과 바다

어니스트 헤밍웨이

코너스톤
Cornerstone

찰스 스크리브너와 맥스 퍼킨스에게

차 례

그는 멕시코만의 바닷가에서 조각배를 타고 홀로 고기를 낚는
노인이었다. 고기를 한 마리도 못 잡은 지 팔십사 일째였다. 처음
사십 일 동안은 소년이 곁에 있었다. 하지만 사십 일이 되도록 고
기를 잡지 못하자 소년의 부모는 노인에게 '살라오'가 찾아왔다
고 말했다. 살라오는 스페인어로 지독하게도 운이 없음을 뜻한
다. 부모가 시키는 대로 다른 배에 옮겨 탄 소년은 첫 주에 큰 고
기를 세 마리나 잡았다. 소년은 날마다 빈 배로 돌아오는 노인이
안쓰러웠다. 그래서 늘 노인을 마중 나가 감아 놓은 낚싯줄이나
갈고리, 작살, 둘둘 말아 놓은 돛 따위를 나르는 일을 도왔다. 밀
가루 포대로 여기저기 기워 붙인 둘둘 말린 돛은 영원한 패배를
상징하는 것처럼 보였다.

노인은 깡마르고 수척한 데다 목덜미에는 주름이 깊게 파여 있었다. 열대 바다에 반사된 따가운 햇볕 탓에 생긴 피부암으로 인한 갈색 반점이 양 볼에서부터 목을 타고 내려왔다. 손에는 낚싯줄에서 큰 물고기를 떼어 내다 생긴 깊은 흉터들이 있었는데, 그중 새로 생긴 상처는 하나도 없었다. 물고기가 살지 않는 사막의 침식 지대처럼 하나같이 오래된 것들이었다.

노인의 몸에서 늙지 않은 곳이라고는 두 눈뿐이었다. 바다와 똑같은 빛을 띤 두 눈은 기운이 넘쳤고 지칠 줄을 몰랐다.

"산티아고 할아버지." 조각배를 끌어올려 놓은 둑으로 올라가며 소년이 말했다. "다시 할아버지랑 같이 바다로 나갈 수 있어요. 돈을 꽤 벌었거든요."

노인은 소년에게 고기 잡는 법을 가르쳐 주었고, 소년은 그런 노인을 사랑했다.

"안 돼." 노인이 말했다. "운이 좋은 배를 탔으니 계속 그 사람들하고 있어야지."

"기억 안 나세요? 팔십칠 일이나 고기를 못 잡다가 나중에 우리 둘이 삼 주 동안 매일 큰 고기를 잡았잖아요."

"기억나지. 네가 내 솜씨를 의심해서 떠난 게 아니라는 것도 잘 알고."

"아버지가 시켜서 그런 거죠. 저는 아직 어려서 아버지 말을 따라야 하니까요."

"그래. 그래야지."

"아버지는 믿음이 부족해요."

"그래." 노인이 말했다. "하지만 우린 다르지. 안 그러냐?"

"맞아요." 소년이 말했다. "테라스에 가서 맥주를 사 드려도 될까요? 집에 어구를 갖다 놓는 건 그다음에 하고요."

"그러자." 노인이 말했다. "어부끼리 한잔하자꾸나."

두 사람이 테라스라는 식당에 들어서자 몇몇 어부들이 놀려 댔지만, 노인은 언짢아하지 않았다. 나이 많은 어부들은 딱한 눈으로 노인을 바라보면서도 크게 내색하지 않으며 조류, 낚싯줄을 드리우는 깊이, 꾸준히 좋아지는 날씨, 자신들이 본 것들에 대해 점잖게 이야기했다. 그날 고기를 많이 잡은 어부들은 이미 항구로 돌아와 갓 잡아 온 청새치를 칼질해 널빤지 두 장에 길게 널어 놓았고, 남자 둘이 널빤지 양쪽을 잡고 비틀거리며 생선 저장고로 운반했다. 그곳에서 아바나에 있는 시장으로 옮길 냉동 트럭을 기다리는 것이다. 상어를 잡은 어부들은 작은 만(灣)의 맞은편에 있는 상어 공장으로 고기를 날랐다. 그곳에서는 상어를 도르래와 밧줄로 들어 올려 간을 꺼내고, 지느러미를 자르고, 가죽을 벗긴 뒤 소금에 절이기 좋게 토막 냈다.

동쪽에서 바람이 불어오면 상어 공장의 냄새가 항구 건너까지 풍겨 왔다. 하지만 오늘은 바람이 북쪽으로 방향을 틀었다가 이내 잠잠해졌기 때문에 냄새가 거의 나지 않았다. 테라스는 햇빛이 들면서도 쾌적했다.

"할아버지." 소년이 말했다.

"응." 잔을 들고 수년 전 일을 떠올리던 노인이 대꾸했다.

"내일 미끼로 쓸 정어리를 갖다 드릴까요?"

"아니다. 가서 야구나 하고 놀아. 난 아직 노를 저을 수 있고, 로헬리오가 그물을 던져 줄 거야."

"그래도 구해다 드리고 싶어요. 할아버지와 함께 고기를 잡지 못하니까 어떻게든 돕고 싶어요."

"맥주를 사 줬잖니." 노인이 말을 이었다. "이제 다 컸구나."

"맨 처음 할아버지를 따라 배를 탔을 때 제가 몇 살이었죠?"

"다섯 살. 그때 잡은 고기가 어찌나 힘이 좋았던지 하마터면 네가 죽을 뻔했어. 배가 산산조각이 날 뻔했지. 기억나니?"

"물고기가 꼬리를 하도 파닥거려서 노 젓는 자리가 부서졌잖아요. 몽둥이로 내리치던 소리도 생생해요. 할아버지가 저를 들어 올려서 뱃머리 쪽으로 던졌죠. 거기엔 젖은 낚싯줄 꾸러미가 있었고요. 배 전체가 흔들리던 느낌, 도끼로 나무를 찍듯 고기를 내리치던 소리, 제 몸에 범벅된 들큰한 피 냄새까지 죄다 기억나요."

"정말 기억이 나는 거냐, 아니면 내가 얘기해 줘서 아는 거냐?"

"우리가 처음 바다에 나갔을 때부터 전부 다 기억나요."

노인은 햇볕에 그을린 두 눈에 믿음과 사랑을 담아 소년을 바라봤다.

"네가 내 아들이었다면 함께 모험을 떠났을 텐데." 노인이 말을 이었다. "하지만 넌 네 부모님의 아들이고, 지금 운이 좋은 배를 타고 있지."

"정어리를 갖다 드릴까요? 미끼도 네 마리쯤 구할 수 있어요."

"오늘 것도 아직 남아 있다. 소금을 뿌려 상자에 담아 뒀지."

"싱싱한 걸로 네 마리 구해 드릴게요."

"하나면 된다." 노인은 희망과 자신감을 잃은 적이 없었다. 심지어는 미풍이 불어올 때처럼 다시금 그런 마음이 솟구쳤다.

"두 마리는요?" 소년이 말했다.

"그래, 두 마리." 노인이 동의했다. "훔친 건 아니지?"

"훔칠 수도 있었지만 돈 주고 산 거예요." 소년이 말했다.

"고맙다." 노인은 자신이 언제 겸손의 미덕을 배웠는지 생각해 본 적이 없을 정도로 단순한 사람이었다. 하지만 지금은 자신이 겸손해졌음을 알고 있었고, 그것이 부끄럽거나 자존심 상할 일이 아니라는 것 또한 잘 알고 있었다.

"해류가 이대로면 내일도 날씨가 좋겠구나." 노인이 말했다.

"어디로 가세요?" 소년이 물었다.

"멀리 갔다가 바람이 바뀌면 돌아와야지. 동트기 전에 나갈 생각이야."

"저희 배 주인한테도 멀리 가자고 할게요." 소년이 말했다. "큰 놈을 낚으시면 우리가 가서 도울 수 있도록요."

"그 사람은 멀리 가는 걸 싫어해."

"그렇죠." 소년이 말했다. "하지만 저는 그 사람이 못 보는 걸 볼 수 있어요. 먹이를 찾는 새 같은 거요. 그러니 만새기를 쫓아 멀리 나가자고 하면 그렇게 할 거예요."

"그 사람 눈이 그렇게 나쁘냐?"

"장님이나 다름없죠."

"이상하구나. 바다거북을 잡으러 간 적도 없을 텐데. 바다거북을 잡다 보면 눈이 상하거든."

"할아버지는 모스키토 해안에서 몇 년 동안이나 바다거북을 잡으셨는데도 눈이 좋으시잖아요."

"나는 별난 노인이니까."

"아주 큰 놈이 걸려도 싸울 기운이 있으세요?"

"그런 것 같다. 요령도 많이 알고 있고."

"이제 어구를 집으로 가져갈까요?" 소년이 말했다. "그래야 제가 투망을 갖고 정어리를 잡으러 갈 수 있으니까요."

둘은 배에서 어구를 챙겼다. 노인은 돛대를 어깨에 멨다. 소년은 낚싯줄을 둘둘 감아서 넣은 나무 상자를 한 손에, 갈고리와 창이 꽂힌 작살을 다른 한 손에 들었다. 미끼가 든 상자는 조각배의 배꼬리 밑에 넣어 두었고, 그 옆에는 큰 고기를 배 옆으로 끌어올 때 제압하는 몽둥이를 내려놨다. 노인의 물건을 훔쳐 갈 사람은 없겠지만 돛과 밧줄이 이슬을 맞아 좋을 건 없으므로 집에 가져가는 편이 나왔다. 노인은 동네 사람들이 자기 물건에 손대지 않을 걸 알면서도, 갈고리와 작살을 배에 놔둠으로써 쓸데없이 사람들을 유혹에 빠뜨리고 싶지는 않았다.

둘은 노인이 사는 오두막으로 올라가 열어 놓은 문 안으로 들어갔다. 노인은 돛으로 둘둘 감아 놓은 돛대를 벽에 기대어 놓았고, 소년은 상자와 다른 어구를 그 옆에 내려놓았다. 돛대는 단칸방인 오두막 길이만큼이나 길었다. 오두막은 구아노라고 하는 대왕 야자수의 단단한 껍질로 지은 것이었는데, 방에는 침대, 식탁, 의자가 하나씩 있었다. 흙바닥에는 숯을 피워 요리를 할 수 있는 자리가 있었다. 납작한 구아노 잎을 겹쳐 만든 갈색 벽에는 여러 색이 사용된 예수성심상과 코브레(쿠바 동남부의 산티아고데쿠바에 있는 성당—옮긴이)의 성모상이 걸려 있었는데, 둘 다 아내의 유품이었다. 전에는 색조를 더한 아내의 사진도 벽에 붙어 있었다. 하지만 사진을 보고 있으면 쓸쓸한 기분이 들어 지금은 구석 선반 위에 있는 깨끗한 셔츠 밑에 넣어 두었다.

"드실 만한 게 있어요?" 소년이 물었다.

"노란 쌀밥 한 냄비랑 생선이 있지. 너도 좀 먹을래?"

"아뇨. 전 집에 가서 먹을게요. 불을 피워 드릴까요?"

"괜찮아. 내가 나중에 피우마. 그냥 찬밥을 먹어도 되고."

"투망은 가져가도 돼요?"

"그럼."

사실 투망은 없었다. 소년은 노인이 투망을 언제 팔았는지도 기억하고 있었다. 하지만 둘은 날마다 이런 식으로 꾸며 낸 이야기를 주고받았다. 노란 쌀밥도 생선도 없었다. 소년은 이 또한 알고 있었다.

"팔십오는 행운의 숫자야. 내가 손질을 다 하고도 사백오십 킬로그램이 넘는 놈을 잡아 오면 기분이 어떨까?" 노인이 말했다.

"투망으로 정어리를 잡으러 갈게요. 문가에 앉아서 햇볕 쬐고 계실래요?"

"그래. 어제 신문이 있으니 야구 기사나 읽어야겠다."

소년은 어제 신문이 있다는 것도 꾸며 낸 얘기인지 헷갈렸다. 하지만 노인은 침대 아래에서 정말로 신문을 꺼냈다.

"보데가(bodega, 식료품 가게를 뜻하는 스페인어―옮긴이)에서 페리코가 주더구나." 노인이 설명했다.

"정어리를 잡아 올게요. 할아버지 거랑 제 거랑 모두 얼음에 재워 뒀다가 내일 아침에 나눠요. 제가 돌아오면 야구 얘기를 들려주세요."

"양키스가 질 리 없지."

"하지만 클리블랜드 인디언스도 세잖아요."

"얘야, 양키스를 믿어도 된다. 위대한 디마지오(Joe DiMaggio, 1930~40년대를 대표하는 미국 메이저리그 뉴욕 양키스 소속의 전설적인 타자. 56경기 연속 안타 기록으로 유명하며, 헤밍웨이 시대의 상징적인 국민 영웅 중 한 명이다. —옮긴이)가 있으니까."

"디트로이트 타이거스랑 클리블랜드 인디언스 둘 다 겁나요."

"그러다가는 신시내티 레즈나 시카고 화이트삭스까지 겁내겠구나."

"잘 읽어 보시고 이따 제가 오면 알려 주세요."

"끝 수가 팔십오로 된 복권을 한 장 사면 어떨까? 내일이 팔십오 일째거든."

"그래도 되겠네요. 아니면 할아버지의 대기록인 팔십칠은 어때요?" 소년이 말했다.

"그런 일은 두 번 일어나진 않을 거야. 팔십오로 된 복권을 사 올 수 있겠니?"

"한 장 사 올게요."

"한 장만 사면 돼. 이 달러 오십 센트야. 그런데 돈은 누구한테 꾸지?"

"그건 쉬워요. 이 달러 오십 센트쯤은 언제든지 꿀 수 있어요."

"나도 꿀 수는 있을 거야. 하지만 웬만해서는 그러지 않으려고 해. 처음엔 빌리지만 나중엔 구걸하게 되거든."

"몸을 따뜻하게 하세요, 할아버지. 지금이 구월이란 걸 잊지 마세요." 소년이 말했다.

"큰 고기들이 오는 달이지. 누구든 어부가 될 수 있는 오월과는 달라."

"저는 이제 정어리 잡으러 갈게요." 소년이 말했다.

소년이 돌아왔을 때 노인은 의자에 앉은 채로 잠들어 있었다. 해는 이미 저물었다. 소년은 침대에 있던 낡은 군용 담요를 집어 의자 뒤로 가서는 노인의 어깨에 덮어 줬다. 노인의 어깨는 남달랐다. 늙었지만 아직 힘이 넘쳤고, 목도 아직 튼튼했으며, 머리를 앞으로 숙이고 잠들어 있으면 주름도 별로 보이지 않았다. 셔츠는 하도 여러 번 기워서 노인의 돛과도 같았고, 기운 조각들은 햇볕에 바래 여러 색을 띠었다. 하지만 노인의 머리 쪽은 나이가 들어 보여서 눈을 감고 있으면 얼굴에서 생기가 느껴지지 않았다. 무릎에 펼친 신문은 팔의 무게 때문에 저녁 미풍에도 날아가지 않았다. 발은 맨발이었다.

소년은 노인을 그대로 내버려 뒀고, 다시 돌아왔을 때도 노인은 여전히 잠들어 있었다.

"할아버지, 일어나세요." 소년이 말하며 노인의 한쪽 무릎 위에 손을 올려놓았다.

노인은 눈을 뜨고는 순간 먼 길을 떠났다가 돌아온 것처럼 미동도 하지 않더니 이내 미소를 지었다.

"그게 뭐니?" 노인이 물었다.

"저녁 식사요. 같이 먹어요." 소년이 말했다.

"별로 배가 안 고픈데."

"그래도 드세요. 밥을 먹어야 고기도 잡죠."

"안 먹어도 잡히던데." 노인이 신문을 접으며 일어났다. 그러고는 담요를 개기 시작했다.

"담요는 두르고 계세요." 소년이 말했다. "제가 있는 한 끼니를 거르고 고기를 잡으실 수는 없어요."

"그럼 오래 살고 몸을 잘 챙겨야지." 노인이 말했다. "뭘 먹을 거냐?"

"검정콩이랑 밥, 튀긴 바나나, 스튜가 있어요."

소년은 테라스에서 두 단으로 된 금속 용기에 음식을 담아 왔다. 주머니에는 냅킨으로 싼 나이프와 포크, 숟가락이 두 벌씩 들어 있었다.

"누가 줬니?"

"마르틴 아저씨요. 가게 사장님이요."

"고맙다고 해야겠구나."

"제가 벌써 고맙다고 했어요." 소년이 말했다. "할아버지는 안 하셔도 돼요."

"큰 고기를 잡아서 그 사람한테 뱃살을 떼어 줘야겠다." 노인이 말했다. "음식을 준 게 처음이 아니지 않나?"

"그럴 거예요."

"뱃살보다 좋은 걸 줘야겠구나. 우리 생각을 많이 해 주네."

"맥주도 두 병 줬어요."

"나는 캔에 든 맥주가 좋더라."

"알아요. 하지만 오늘은 병맥주예요. 아투에이 맥주요. 병은 돌려줘야 해요."

"넌 정말 친절하구나." 노인이 말했다. "이제 먹을까?"

"제가 아까부터 드시라고 했잖아요." 소년이 다정하게 말했다. "할아버지가 드실 준비를 다 하실 때까지 뚜껑을 열고 싶지 않았어요."

"이제 준비됐다." 노인이 말했다. "손 씻을 시간이 필요했을 뿐이야."

'손을 어디서 씻었을까?' 소년은 생각했다. 마을에서 물이 나오는 곳까지 가려면 큰길로 나가 두 번째 골목이 나올 때까지 걸어야 한다. 할아버지가 쓰실 물을 길어 왔어야 했는데, 하고 소년은 생각했다. 비누와 수건도. 왜 생각을 못 했을까? 셔츠 한 장이랑 겨울에 입을 외투, 신발, 담요도 한 장 더 가져와야겠다.

"스튜가 아주 맛있구나." 노인이 말했다.

"야구 얘기를 해 주세요." 소년이 말했다.

"아메리칸 리그에서는 내가 말한 대로 양키즈가 최고야." 노인이 유쾌하게 말했다.

"오늘은 졌잖아요." 소년이 말했다.

"그건 중요하지 않아. 위대한 디마지오가 실력을 되찾았으니까."

"그 팀에는 다른 선수들도 있어요."

"물론, 하지만 디마지오는 달라. 다른 쪽 리그에서 브루클린과

필라델피아 중에 고르라면 난 브루클린 쪽이지. 하지만 예전 구장에서 딕 시슬러가 쭉쭉 뻗어 나가는 안타를 치던 걸 떠올리면 또 생각이 달라져."

"그런 안타는 드물죠. 제가 본 것 중에 제일 멀리 날아갔을 거예요."

"그 사람이 테라스에 오던 거 생각나니? 고기 잡으러 같이 가자고 말하고 싶었는데 너무 소심해서 말도 못 꺼냈어. 그래서 너한테 말해 보라고 했지만 너도 못 했지."

"생각나죠. 후회돼요. 같이 갔을지도 모르는데. 그랬으면 우리한테는 평생 갈 추억이었을 거예요."

"나는 지금도 위대한 디마지오를 고기잡이에 데려가고 싶구나." 노인이 말했다. "그 선수 아버지도 어부였다더라. 어쩌면 디마지오도 가난한 시절이 있어서 우리를 이해해 줄지 몰라."

"위대한 시슬러의 아버지는 가난했던 적이 없었어요. 제 나이 때 메이저리그에서 뛰고 있었대요."

"내가 네 나이 때는 가로돛을 단 범선을 타고 아프리카를 오갔는데. 저녁에는 해변에서 사자도 봤어."

"알아요. 전에 얘기하셨어요."

"그럼 아프리카 얘기를 할까, 야구 얘기를 할까?"

"야구 얘기요." 소년이 말했다. "위대한 존 J. 맥그로 얘기를 해 주세요."

소년은 'J'를 스페인어식으로 '호타'라고 발음했다.

"그 선수도 예전에 한 번씩 테라스에 찾아오곤 했어. 하지만 술이 들어가면 사납고 입이 거칠어지며 까다롭게 굴었지. 야구 외에 경마에도 관심이 많았어. 주머니에 말 이름이 적힌 표를 들고 다니면서 수시로 전화에 대고 말 이름을 댔지."

"뛰어난 감독이었잖아요." 소년이 말했다. "우리 아버지는 그 사람이 최고래요."

"여기에 제일 많이 와서 그러는 거야." 노인이 말했다. "듀로셔가 해마다 여기에 왔다면 네 아버지는 그가 가장 훌륭한 감독이라고 했을 거야."

"그럼 진짜로 가장 훌륭한 감독은 누구예요? 루케예요 아니면 마이크 곤살레즈예요?"

"그 둘은 동급이지."

"가장 훌륭한 어부는 할아버지예요."

"아니, 나보다 나은 어부들도 많아."

"쾌 바(Qué va, '천만에요' 혹은 '그럴 리가'를 뜻하는 스페인어 감탄사—옮긴이), 고기를 잘 잡는 어부는 많고 훌륭한 어부들도 꽤 있겠죠. 하지만 할아버지는 독보적이에요." 소년이 말했다.

"고맙다. 기분 좋구나. 내가 상대하기에 너무 큰 고기가 걸려서 우리가 한 말이 모두 틀린 게 되면 어쩌나."

"그런 고기는 없을 거예요. 할아버지 말씀대로 여전히 힘이 있으시다면."

"생각보다 힘이 안 남았을지도 몰라." 노인은 말을 이었다. "하지만 난 요령도 많이 알고 마음도 굳게 먹었어."

"이제 주무세요. 그래야 아침에 기운이 나죠. 저는 테라스에 그릇을 돌려주러 갈게요."

"그럼 잘 가라. 아침에 깨우러 가마."

"할아버지는 제 자명종 시계예요." 소년이 말했다.

"내 나이가 자명종이지." 노인이 말했다. "늙으면 왜 그렇게 일찍 깨는 걸까? 하루를 더 길게 보내고 싶어서 그러나?"

"모르겠어요." 소년이 말했다. "어린 애들이 늦게 일어나고 푹 잔다는 것밖엔 모르겠네요."

"나도 그랬던 게 생각난다." 노인이 말했다. "시간 맞춰서 깨우러 가마."

"배 주인이 깨우는 건 싫어요. 그럴 때마다 내가 그 사람보다 못난 것 같거든요."

"그 기분 알지."

"그럼 편히 주무세요, 할아버지."

소년은 나갔다. 둘은 그때까지 식탁 위에 불도 켜지 않은 채 저녁을 먹었다. 노인은 어둠 속에서 바지를 벗고 잠자리에 들었다. 바지에 신문지를 넣고 둘둘 말아 베개를 만들고, 담요로 몸을 감은 뒤, 용수철에 헌 신문지를 깔아 놓은 침대 위에 누웠다.

노인은 금세 잠이 들었다. 꿈에는 어렸을 때 본 아프리카가 나왔다. 길게 뻗은 황금빛 해안선과 눈이 아플 정도로 새하얀 모래사장, 높게 솟은 갑과 거대한 갈색 산이 나왔다. 요즘 노인은 매일 밤 그 해안에서 살았다. 꿈속에서 으르렁대는 파도 소리를 들었으며, 그 파도를 뚫고 다가오는 원주민의 배들을 보았다. 노인은 잠결에도 갑판의 타르 냄새와 뱃밥 냄새를 맡았고, 아침에 육지의 미풍 속 실려 오는 아프리카 대륙의 냄새를 맡았다.

노인은 대개 육지의 미풍 냄새를 맡을 때쯤 잠에서 깨어나 옷을 입고 소년을 깨우러 갔다. 하지만 오늘은 그 미풍 냄새를 너무 일찍 맡은 탓에 노인은 꿈속에서도 너무 이르다는 것을 알아채고는 계속해서 꿈을 꾸었다. 이번에는 바다 위로 솟아오른 섬들의 흰 봉우리를 보았고, 카나리아 제도의 여러 항구와 정박지도 보았다.

노인은 이제 폭풍우가 치는 꿈은 꾸지 않았다. 큰 사건이나 큰 물고기에 관한 꿈도, 싸움이나 힘겨루기 그리고 아내에 관한 꿈도 더는 꾸지 않았다. 다만 그동안 돌아다녔던 여러 장소와 해변을 어슬렁거리는 사자 꿈을 꿀 뿐이었다. 사자 무리는 새끼 고양이처럼 황혼 속에서 뛰어놀았고, 노인은 소년을 사랑하듯 그 사자들을 사랑했다. 노인의 꿈에 소년이 나온 적은 없었다. 잠이 깨자 노인은 열린 창으로 달을 바라보고는 말아 놓은 바지를 펴서 입었다. 그러고는 오두막 바깥에서 오줌을 누고 소년을 깨우러 길을 따라 올라갔다. 새벽 한기에 몸이 떨렸다. 하지만 조금 떨고 나면 금세 몸이 따뜻해지고 곧 노를 젓게 되리라는 걸 노인은 알고 있었다.

소년이 사는 집 문은 잠겨 있던 적이 없었다. 노인은 문을 열고 맨발로 조용히 걸어 들어갔다. 소년은 첫 번째 방 간이침대에서 자고 있었는데, 저무는 달빛을 받아 그 모습이 또렷이 보였다. 노인은 소년의 한쪽 발을 슬며시 잡은 채 소년이 눈을 뜨고 자신을 바라볼 때까지 그대로 있었다. 노인이 고개를 끄덕이자 소년은 침대 옆 의자에서 바지를 집어 들어 침대에 앉은 채로 입었다.

노인이 문밖으로 나가자 소년도 따라나섰다. 노인은 아직 잠이 덜 깬 소년의 어깨에 팔을 둘렀다. "미안하다."

"퀘 바." 소년이 말했다. "남자라면 당연히 해야 할 일인데요."

둘은 노인이 사는 오두막으로 내려갔다. 아직 어두컴컴한 길가에는 돛대를 어깨에 멘 어부들이 맨발로 걸어가고 있었다.

노인이 사는 오두막에 이르자 소년은 바구니에서 낚싯줄, 갈고리, 작살을 꺼내 들었고, 노인은 돛을 감아 놓은 돛대를 어깨에 멨다.

"커피 드실래요?" 소년이 물었다.

"어구를 배에 신고 나서 마시자."

이른 아침 어부들을 상대로 음식을 파는 가게에서 둘은 연유 깡통에 커피를 받아 마셨다.

"할아버지, 어젯밤에 잘 주무셨어요?" 소년이 물었다. 아직 잠을 놓아 주기가 쉽지 않았지만 소년은 점점 깨어 가고 있었다.

"잘 잤다, 마놀린." 노인이 말했다. "오늘은 자신감이 생기는구나."

"저도요." 소년이 말했다. "이제 할아버지 정어리랑 제 정어리, 또 오늘 쓰실 싱싱한 미끼를 가져올게요. 우리 주인아저씨는 어구를 직접 가져오거든요. 남이 자기 어구를 나르는 걸 싫어해요."

"우리는 다르지." 노인이 말했다. "난 네가 다섯 살 때부터 어구를 나르게 했잖니."

"그렇죠." 소년이 말했다. "금방 올게요. 커피 한 잔 더 드시고 계세요. 여기는 외상으로 해도 되거든요."

소년은 맨발로 산호 자갈을 밟으며 미끼를 보관해 놓은 얼음 창고로 걸어갔다.

노인은 천천히 커피를 마셨다. 하루 동안 입에 댈 유일한 식량이었기에 끝까지 먹어 둬야 한다는 걸 잘 알고 있었다. 오래전부터 노인은 먹는 게 귀찮아져서 점심을 가지고 다니지 않았다. 조각배의 뱃머리에 물통 하나만 두면 온종일 견딜 수 있었다.

소년이 정어리와 신문에 싼 미끼 두 덩이를 들고 돌아왔다. 둘은 자갈 섞인 모래의 촉감을 발바닥으로 느끼며 배가 있는 데까지 오솔길을 따라 내려가서는 배를 들어 물에 띄웠다.

"할아버지, 행운을 빌어요."

"행운을 빈다." 노인은 노를 묶어 둔 밧줄을 놋좆(노를 끼우는 나무못—옮긴이)에 매고 노를 젓는 반대 방향으로 몸을 웅크렸다. 그러고는 어둠을 헤치며 항구 밖으로 노를 저어 나가기 시작했다. 다른 해안에서 온 배들도 노를 저으며 바다로 나가고 있었다. 달이 언덕 너머로 저물어 배들이 보이지는 않았지만 노인은 노 젓는 소리를 들을 수 있었다.

배에서 말하는 소리도 종종 들려왔다. 하지만 대부분은 노 젓는 소리 외에 아무 소리도 나지 않았다. 항구 어귀를 벗어난 배들은 뿔뿔이 흩어져 각자 고기를 잡으려는 곳으로 향했다. 노인은 오늘 멀리 나갈 생각이었으므로 땅의 냄새를 뒤로하고 이른 아침의 싱그러운 바다 냄새를 쫓아 노를 저었다. 어부들이 '거대한 우물'이라고 부르는 곳에 다다른 노인은 물속에서 해초가 내뿜는 인광을 보았다. '거대한 우물'이라고 부르는 이유는 수심이 칠백 패덤(fathom, 주로 바다의 깊이를 측정하는 단위. 1패덤은 약 1.83미터이므로 700패덤은 약 1,280미터이다.—옮긴이)으로 갑자기 깊어지기 때문이다. 이곳에는 해류가 바다 밑바닥의 가파른 경사면을 때리며 소용돌이를 이루어 온갖 종류의 물고기가 모여들었다. 새우와 미끼 고기가 떼를 이루며, 가끔은 아주 깊은 굴속에 오징어 떼가 모이기도 했다. 밤이 되면 그것들은 수면 가까이 올라와 그곳을 오가는 물고기들의 먹잇감이 됐다.

노인은 어둠 속에서도 아침이 다가오는 것을 느낄 수 있었고,

노를 저으면서도 날치가 물을 차고 올라오며 내는 부르르 떠는 소리와 그것들이 어둠 속에서 공기를 가를 때 빳빳하게 세운 날개가 내는 '쉿' 소리를 들을 수 있었다. 노인은 날치를 무척 좋아했고 바다에서는 제일 친한 친구로 여겼다. 한편 새들은 가엾게 여겼는데, 그중에서도 작고 연약한 검은제비갈매기가 가장 불쌍했다. 언제나 날아다니며 먹이를 찾지만 수확은 거의 없기 때문이다. 노인은 생각했다. '새들은 우리보다 고달픈 삶을 사는구나. 물론 까마귀처럼 크고 힘이 센 녀석들도 있긴 하지. 그래도 이토록 잔혹한 바다에 왜 제비갈매기처럼 약하고 섬세한 새를 만들어 냈을까? 물론 바다는 다정하고 너무나도 아름답지. 하지만 예고도 없이 무척이나 잔인해질 수 있어. 저렇게 가냘프고 슬픈 소리를 내며 날아다니다 물에 주둥이를 담그고 먹이를 노리는 새들은 바다에서 살기에는 너무나 연약하게 만들어졌어.'

　　노인은 언제나 바다를 '라 마르^{la mar}'라고 생각했다. 그것은 스페인어로 바다에 애정을 담아 여성형(스페인어는 무생물에도 성의 구별을 둔다. ─옮긴이)으로 부르는 이름이다. 바다를 사랑하는 이들도 이따금 바다에 대해 나쁜 말을 할 때가 있지만, 그럴 때조차도 바다를 여성형으로 불렀다. 젊은 어부들, 그중에서도 찌 대신 부표를 사용하고 상어 간을 팔아 큰돈을 벌어 모터보트를 산 이들은 바다를 남성으로 생각해 '엘 마르^{el mar}'라고 부르곤 했다. 그 무리는 바다가 경쟁자나 일터, 혹은 적대적인 대상인 것처럼 이야기했다. 그러나 노인은 언제나 바다를 여성으로 생각했고, 큰 은혜를 베푸는 곳으로 여겼다. 그래서 가끔 바다가 사나워지고 못된 짓을 할 때도 어쩔 수 없는 사정이 있어서 그러려니 하고 생각했다. 달은 여자에게 영향을 미치듯 바다에도 영향을 주지, 하고 노인은 생각했다.

노인은 쉬지 않고 노를 저었다. 적당한 속도를 유지한 데다, 이따금 해류가 소용돌이치는 것 외에는 대체로 잔잔했기에 별로 힘들지 않았다. 노동의 삼 분의 일을 해류가 덜어 주고 있었다. 동틀 무렵에는 이 시간 즈음에 오고자 했던 거리보다 더 멀리 나와 있음을 깨달았다.

일주일 동안이나 이곳 '거대한 우물'에서 고생했지만 아무것도 못 잡았구나, 하고 노인은 생각했다. 오늘은 가다랑어나 날개다랑어 떼가 모이는 곳에 가서 줄을 내려야겠다. 거기에 큰 놈이 있을지도 모르니까.

날이 완전히 밝기 전에 노인은 미끼를 드리우고 배를 조류에 맡긴 채 떠다녔다. 우선 미끼 하나를 칠십 미터 아래로 내렸다. 두 번째 미끼는 백사십 미터, 세 번째와 네 번째는 각각 백팔십 미터와 이백삼십 미터 아래 시퍼런 물속으로 내렸다.

미끼의 고기 대가리가 아래로 향하도록 꿰어 단단히 묶었고, 낚싯바늘의 구부러진 부분과 끝부분은 싱싱한 정어리로 감쌌다. 정어리의 양쪽 눈알을 바늘로 꿰었는데, 그 모양이 마치 돌출된 낚싯바늘에 반달 모양의 화환을 씌운 듯했다. 큰 물고기가 본다면 낚싯바늘의 어느 곳 하나 먹음직스럽게 달콤한 냄새가 나지 않는 부분이 없었다.

소년이 준 싱싱하고 작은 다랑어 두 마리는 가장 깊이 내린 낚싯줄 두 개에 추처럼 매달았다. 또 다른 낚싯줄에는 전에 사용했던 커다란 푸른 전갱이 한 마리와 갈전갱이 한 마리를 매달았다. 이미 썼던 미끼였지만 아직 상태가 좋은 데다 싱싱한 정어리도 함께 매달았기 때문에 고기를 꾀기에 충분했다. 큼직한 연필만큼 굵은 낚싯줄에는 하나같이 초록색 칠을 한 막대를 묶어 놓아서 물고기가 미끼를 잡아당기거나 건드리기만 해도 막대기가 물속에 잠기게 되어 있었다. 각 낚싯줄에는 칠십 미터 길이의 사려 놓은 낚싯줄 두 벌이 달려서 재빨리 남은 낚싯줄에 이을 수 있게 되어 있었다. 즉 필요한 경우에는 물고기가 오백오십 미터 넘게 줄을 끌고 가도 문제없었다.

이제 노인은 뱃전 너머로 막대 세 개가 물에 잠기는 것을 지켜보면서 낚싯줄이 적당한 수심에서 위아래로 팽팽하게 당겨지도록 부드럽게 노를 저었다. 날이 꽤 훤해져 언제라도 해가 솟아오를 것 같았다.

바다 위로 희미하게 해가 떠오르자 다른 배들이 보였다. 고깃배들은 수면에 바짝 붙은 채 멀리 해안 쪽에서 해류를 가로질러 흩어져 있었다. 날이 더욱 밝아 오며 눈부신 햇살이 물 위로 쏟아졌다. 해가 선명하게 모습을 드러내며 평평한 바다가 빛을 반사해 두 눈을 찌르자 노인은 해를 쳐다보지 않은 채 노를 저었다. 노인은 물속을 내려다보며 어두운 바닷속 깊이 곧게 내리뻗은 낚싯줄을 관찰했다. 그는 누구보다도 낚싯줄을 똑바로 드리울 수 있었다. 그렇게 함으로써 어두운 해류의 층마다 원하는 위치에 정확하게 미끼를 놓고 그곳을 헤엄쳐 가는 물고기를 유인할 수 있었다. 다른 이들은 미끼가 해류를 타고 흘러가도록 내버려 뒀기 때문에 백팔십 미터쯤 되리라고 생각하며 실제로는 백십 미터 남짓한 곳에 미끼를 두기도 했다.

하지만 난 정확하게 미끼를 드리울 수 있지. 노인은 생각했다. 단지 운이 없을 뿐이야. 그렇지만 누가 알아? 운 좋은 날이 오늘일지. 하루하루가 새로운 날이야. 운이 따르면 더 좋겠지만 그보다 나는 정확하게 해내고 싶어. 그래야 운이 찾아왔을 때 준비되어 있을 테니까.

해가 뜬 지 두 시간이 지나자 이제는 동쪽을 봐도 그다지 눈이 아프지 않았다. 이제 시야에 들어오는 배는 세 척밖에 없었는데, 그 배들마저도 저 멀리 해안선 쪽에 낮게 떠 있었다.

평생 아침 햇살을 바라보느라 눈이 상했지. 노인은 생각했다. 그래도 아직은 괜찮아. 저녁 해는 똑바로 봐도 눈앞이 캄캄해지지 않으니까. 사실 더 강한 건 저녁 햇빛인데. 하지만 아침 해는 눈이 너무 따가워.

바로 그때 길고 검은 날개를 펼치고 머리 위 하늘에서 원을 그리며 나는 군함새 한 마리가 보였다. 새는 날개를 뒤로 젖힌 채 빠르게 사선으로 수면 가까이 내려왔다가 다시 하늘로 날아올라 맴돌았다.

"뭔가를 봤군." 노인이 소리 내서 말했다. "그냥 둘러보고 있는 게 아니야."

노인은 새가 맴돌고 있는 곳을 향해 천천히 계속해서 노를 저었다. 서두르는 일 없이 낚싯줄이 위아래로 팽팽히 드리워 있도록 유지했다. 해류 안쪽으로 배를 살짝 밀어 넣었는데, 새를 이용하지 않고 고기잡이를 할 때보다 속도는 더 빠르지만 여전히 고기를 정확히 낚을 수 있도록 하기 위함이었다.

새는 더 높이 날아오르더니 날개를 움직이지 않은 채 다시 맴돌았다. 그러고는 갑자기 수면을 향해 급강하했다. 그 순간 노인은 뛰어오른 날치가 수면 위를 미끄러지듯 필사적으로 전진하는 모습을 보았다.

"만새기다." 노인이 소리쳤다. "큰 만새기야!"

노인은 놋좆에 노를 걸고 뱃머리 아래에서 작은 낚싯줄을 꺼냈다. 그 줄에는 철사 목줄과 중간 크기의 낚싯바늘이 달려 있었다. 노인은 거기에 정어리 한 마리를 미끼로 단 뒤 뱃전 너머로 낚싯줄을 던지고는 배꼬리에 있는 고리 달린 볼트에 단단히 묶었다. 그러고는 계속해서 다른 낚싯줄에도 미끼를 달아 뱃머리 구석진 곳에 감아 놓았다. 노인은 다시 노를 저으며 날개가 긴 검은 군함새가 수면 위로 얕게 날며 먹이를 찾는 모습을 지켜봤다.

노인이 지켜보는 가운데 새는 날개를 비스듬히 기울인 채 수면에 내려와 필요 이상으로 사납게 날갯짓하며 날치를 쫓았다. 커다란 만새기가 달아나는 물고기를 쫓을 때 수면이 조금 부풀어 오르는 모습이 노인의 눈에 들어왔다. 만새기들은 날치 떼가 날고 있는 아래쪽에서 물살을 헤치며 달리고 있었다. 전속력으로 헤엄치다 날치가 다시 물속으로 떨어질 때를 노리는 것이다. 어마어마한 만새기 떼다. 노인은 생각했다. 만새기 떼가 넓게 퍼져 있어서 날치들이 살아남을 가능성은 적겠구나. 새도 허탕을 치겠어. 군함새가 잡기엔 날치가 너무 크고 빨라.

노인은 날치 떼가 거듭 튀어 오르고 새가 쓸모없는 동작을 반복하는 모습을 지켜보았다. 저 만새기 떼는 멀리 가 버렸군. 노인은 생각했다. 놈들은 너무 빠르고 너무 멀리 갔어. 그래도 뒤처진 놈 하나쯤은 잡을 수 있을지도 몰라. 어쩌면 내가 잡을 큰 고기가 근처에 있을지도 모르지. 내가 잡을 큰 고기가 분명 어딘가에 있을 거야.

육지 위로는 구름이 산처럼 피어나고, 해안은 회색 산을 배경으로 둔 그저 한 가닥의 기다란 초록빛 선으로 보였다. 물은 이제 진한 청색을 띠었는데, 너무 짙어서 자줏빛에 가까울 정도였다. 어두운 물속을 들여다보니 체로 거른 듯한 붉은 플랑크톤이 떠 있었고, 해가 반사되며 생긴 이상한 빛깔들이 보였다. 노인은 잘 보이지 않는 물속에 낚싯줄이 똑바로 드리워져 있는지 살펴보았다. 이처럼 플랑크톤이 많다는 것은 물고기가 가까이에 있음을 뜻하기에 기분이 좋았다. 해가 더 높아졌는데도 물속에 이상한 빛깔이 보인다는 것은 날씨가 좋을 거란 징조였는데, 이는 구름의 모양을 봐도 알 수 있었다. 하지만 이제 새는 시야에서 거의 사라졌고, 수면 위에는 아무것도 보이지 않았다. 다만 햇빛에 노랗게 바랜 모자반류 해초 몇 조각이 떠다녔고, 무지갯빛으로 빛나는 보라색 고깔해파리가 주머니 모양의 젤리처럼 배 가까이에 떠 있을 뿐이었다. 해파리는 옆구리를 보였다가 똑바로 돌아서기를 반복했다. 몸체 뒤로는 자주색 실 가닥 같은 긴 촉수를 일 미터 정도 늘어뜨린 채 물거품처럼 기분 좋게 떠다니고 있었다.

"아구아 말라(agua mala, 스페인어로 '해로운 물'을 뜻하며 고깔해파리를 뜻하는 비속어이기도 하다. ―옮긴이)." 노인이 말했다. "불길한 것 같으니."

노에 가만히 기댄 채 흔들거리는 물속을 들여다보니 고깔해파리 꼬리와 색깔이 같은 작은 물고기들이 그 사이로 헤엄쳐 다니는 모습이 보였다. 물고기들은 물거품으로 인해 생겨난 조그마한 그늘 밑에 숨어 있기도 했다. 물고기들은 이미 해파리 독에 면역이 되어 있었다. 그러나 사람은 그렇지 않았다. 실 가닥 같은 촉수들이 낚싯줄에 걸려 보라색의 끈끈한 점액이 묻은 채로 있게 되면 손이나 팔에 닿았을 때 독이 있는 담쟁이덩굴이나 옻나무에서 독이 오르는 것과 같은 물집을 남기곤 한다. 그런데 아구아 말라의 독은 훨씬 빨리 번지는 데다 채찍에 맞은 것처럼 부풀어 오른다.

무지갯빛 거품은 아름다웠다. 하지만 이 거품은 바다에서 가장 허황한 존재였기에, 노인은 커다란 바다거북이 해파리들을 먹어 대는 광경을 무척 좋아했다. 해파리를 본 바다거북은 정면으로 다가가 등딱지에 목을 넣고 눈까지 감은 채 촉수까지 죄다 먹어 치우곤 했다. 노인은 바다거북이 그것들을 먹어 치우는 광경뿐만 아니라, 폭풍이 지나간 뒤에 해변에서 해파리들을 밟으며 걷는 것 또한 좋아했다. 해파리들은 뿔처럼 굳은 발뒤꿈치로 밟을 때마다 펑 소리를 내며 터졌는데, 노인은 그 소리마저 좋아했다.

노인은 특히 푸른바다거북과 대모거북을 좋아했다. 품위 있고 빠른 데다 값이 나가기 때문이다. 한편 몸집이 크고 멍청한 붉은 바다거북에게는 친근함과 경멸감을 함께 느꼈다. 누런 등껍질을 뒤집어쓴 그 녀석들은 교미하는 모습이 괴상한 데다, 눈을 감은 채 신이 나서 고깔해파리를 잡아먹는 모습도 볼품이 없었다.

노인은 여러 해 동안 거북잡이 배를 타 봤지만 바다거북에 대한 신비감은 가져 본 일이 없었고 오히려 측은하다는 생각이 들었다. 조각배만 한 길이에 무게가 일 톤에 달하는 큰 장수거북을 봐도 불쌍하기만 했다. 인간은 대개 바다거북에게 무자비하다. 바다거북은 칼질해서 토막을 낸 뒤에도 몇 시간 동안이나 심장이 뛴다. 하지만 나도 이런 심장을 갖고 있고 내 손발도 거북의 것과 다를 바 없지 않은가. 노인은 생각했다. 노인은 힘을 끌어올리려고 거북의 흰 알을 먹어 왔다. 구월과 시월에 엄청나게 큰 고기를 잡으려고 오월 내내 거북 알을 먹으며 힘을 기른 것이다.

또한 노인은 어부들이 어구를 보관해 두는 오두막의 커다란 기름통에서 날마다 상어 간유를 한 잔씩 마셨다. 원하는 어부라면 누구나 마실 수 있도록 그곳에 놓아둔 통이었다. 어부들은 대부분 그 맛을 싫어했다. 하지만 아침 일찍 일어나야 하는 괴로움보다는 덜 끔찍했다. 상어의 간유는 온갖 종류의 감기와 독감에도 효과가 있고, 눈에도 좋았다.

노인이 머리 위를 보니 군함새가 또다시 빙빙 맴돌고 있었다.

"고기를 찾았구나." 노인이 소리 내어 말했다. 수면 위로 뛰어오르는 날치도 없었고 미끼 고기들이 흩어져 있지도 않았다. 하지만 작은 다랑어 한 마리가 공중으로 뛰어올랐다가 물속으로 곤두박질치는 모습이 노인의 눈에 들어왔다. 다랑어가 햇빛을 받아 은빛으로 빛나며 물속으로 떨어지자 곧이어 다른 다랑어들이 뛰어오르더니 사방으로 곤두박질쳤다. 다랑어들은 물을 마구 휘저으며 미끼를 쫓아 껑충 뛰어올랐다. 미끼 고기 주위에서 원을 그리며 먹잇감을 쫓아가는 중이었다.

저놈들이 저렇게 빨리 가지 않는다면 내가 그 속으로 따라 들어갈 텐데. 노인은 생각했다. 노인은 하얀 물결을 일으키는 물고기 떼와 물 위로 미끼 고기들을 내려 덮치는 군함새를 지켜보았다. 미끼 고기들은 겁에 질려 어쩔 수 없이 수면 위로 쫓겨 나와 있었다.

"새가 큰 도움을 주는군." 노인이 말했다. 바로 그때 한 바퀴를 감아 발로 누르고 있던 배꼬리 쪽 낚싯줄이 팽팽해졌다. 노인은 재빨리 노를 내려놓고 줄을 세게 끌어당겼다. 몸을 부르르 떨며 낚싯줄을 잡아당기는 작은 다랑어의 무게가 느껴졌다. 줄을 당기면 당길수록 진동은 커졌다. 물속에서 푸른 등과 황금빛 옆구리가 보이더니, 노인이 팔을 휘두르자 고기는 뱃전을 넘어서 배 안으로 끌려 들어왔다. 몸이 탄탄하고 총알처럼 생긴 다랑어가 크고 멍한 두 눈알을 부릅뜬 채 햇빛을 받으며 배꼬리 쪽에 누워 있었다. 다랑어는 미끈하고 날렵한 꼬리로 배 바닥의 널빤지를 때리며 스스로 목숨을 재촉하고 있었다. 노인은 자비심을 발휘해 다랑어의 대가리를 내리치고는 아직도 떨고 있는 고기의 몸뚱이를 배꼬리 구석진 곳으로 걷어찼다.

"다랑어구나. 좋은 미끼가 되겠어. 오 킬로그램 가까이 나가겠네."

노인은 혼자 있을 때 큰 소리로 말하기 시작한 게 언제부터였는지 잘 기억나지 않았다. 예전에 혼자 있을 때는 노래를 곧잘 불렀다. 고기잡이 돛배나 바다거북잡이 배에서 혼자 당번을 설 때도 키를 잡은 채 노래를 부르곤 했다. 혼자 있을 때 큰 소리로 말하기 시작한 것은 아마도 소년이 떠나고 혼자 있게 되면서부터인 것 같다. 하지만 정확하게 기억이 나지는 않았다. 소년과 함께 고기를 잡을 때는 꼭 필요할 때만 이야기를 나눴다. 가령 한밤중이거나 악천후로 어쩔 수 없이 갇혀 있을 때만 말을 꺼냈다. 바다에서는 쓸데없는 얘기를 하지 않는 것을 미덕으로 여겼는데, 노인도 늘 그렇게 생각하고 따랐다. 하지만 이제 귀찮아할 사람이 아무도 없었으므로 노인은 머리에 떠오른 생각을 자꾸만 소리 내어 말했다.

"이렇게 큰 소리로 혼잣말하는 걸 남들이 들으면 아마 미친놈인 줄 알겠지." 노인이 소리 내어 말했다. "하지만 나는 미치지 않았으니까 상관없어. 돈 많은 사람들은 배에서 라디오가 말을 대신 걸어 주잖아. 야구 중계도 들을 수 있고."

지금은 야구를 생각할 때가 아니지. 노인은 생각했다. 지금은 한 가지만 생각해야 해. 난 그걸 위해 태어났으니까. 저 고기떼 주위에 큰 놈이 있을지도 몰라. 이어서 노인은 생각했다. 나는 먹이를 쫓다가 낙오된 놈 하나를 낚았을 뿐이야. 이미 다른 놈들은 저렇게 멀리, 저렇게 빠르게 가고 있어. 오늘 물 위에 떠 있는 것들은 하나같이 북동쪽으로 빠르게 달리고 있잖아. 그맘때가 된 건가? 아니면 날씨가 변할 징조인데 내가 모르는 건가?

이제 해안의 초록빛은 보이지 않았고, 다만 푸른 능선이 보일

뿌이었다. 산봉우리는 눈에 덮인 듯 하얗게 보였는데, 그 위로는 구름이 설산처럼 솟아 있었다. 바다는 몹시도 어두운 빛을 띠었고, 햇빛은 물속에 프리즘을 만들어 내고 있었다. 헤아릴 수 없이 많던 플랑크톤 떼는 해가 하늘 높이 뜬 탓에 모두 사라졌다. 이제 노인의 눈에 보이는 건 푸른 물속 깊이 생긴 프리즘과 수 킬로미터 아래로 곧게 드리운 낚싯줄들뿐이었다.

다랑어는 다시 물속 깊이 내려가 버렸다. 어부들은 이런 종류의 물고기를 모두 다랑어라고 불렀는데, 고기를 팔러 가거나 미끼 고기와 맞바꾸려 할 때만 이름을 구분해서 불렀다. 햇살이 뜨거워지자 노인은 목덜미가 따가워지고, 노를 저으며 등줄기에 땀이 흘러내리는 것을 느꼈다.

이제 배는 물결에 맡기고 한숨 잘 수 있겠군. 노인은 생각했다. 낚싯줄로 고리를 만들어 발가락에 걸어 놓으면 바로 깰 수 있어. 하지만 오늘은 팔십오 일째야. 고기를 잘 잡아 봐야지.

바로 그때 물 위에 나와 있던 초록색 막대기 중 하나가 물속에 푹 잠기는 것이 보였다.

"그렇지." 노인이 말했다. "그래." 노인은 배에 부딪히지 않게 조심해서 노를 내려놓았다. 그러고는 오른팔을 뻗어 엄지와 집게손가락으로 살며시 낚싯줄을 잡았다. 하지만 당기는 힘도 무게도 느껴지지 않아 줄을 가볍게 잡고만 있었다. 그러자 또 한 번 당기는 느낌이 왔다. 시험 삼아 당겨 본 입질이라서 강도도 무게도 느껴지지 않았다. 노인은 정확히 알 수 있었다. 물속 백팔십 미터 깊이에서 청새치 한 마리가 낚싯바늘 전체를 감싸고 있는 정어리들을 먹고 있다는 걸. 작은 다랑어의 대가리를 뚫고 나온, 노인이 직접 만든 바로 그 낚싯바늘이었다.

노인은 정교하게 낚싯줄을 잡고 왼손으로 조심스럽게 낚싯대에서 줄을 풀었다. 이제는 고기가 팽팽함을 못 느끼게 하도록 손가락 사이로 줄을 풀어 줄 수 있게 됐다.

이 계절에 이렇게 멀리까지 나왔으니 큰 놈이 분명하군. 노인은 생각했다. 먹어라, 고기야. 먹어. 제발 먹어다오. 얼마나 싱싱한 미끼냐. 너는 백팔십 미터 아래의 차갑고 어두운 물속에 있잖아. 그 컴컴한 곳을 한 바퀴 돌고 와서 미끼를 먹어라.

노인은 가볍고 조심스럽게 줄이 당겨지는 걸 느꼈다. 곧이어 낚싯바늘에서 정어리 대가리를 빼내기가 힘든지 줄이 좀 더 강하게 당겨졌다. 그러고는 다시 잠잠해졌다.

"자!" 노인이 큰 소리로 말했다. "한 바퀴 더 돌고 와라. 냄새를 맡아 봐. 군침이 돌지? 실컷 먹어. 다랑어도 보이지? 탱탱하고 차가운 게 맛이 좋을 거다. 부끄러워하지 말고 먹어라, 고기야."

노인은 엄지와 집게손가락 사이에 낚싯줄을 쥔 채 기다렸다. 고기가 위아래로 헤엄칠지도 몰라 동시에 다른 줄도 지켜봐야 했다. 이윽고 고기가 조금 전처럼 살며시 줄을 당겼다.

"틀림없이 먹을 거야." 노인은 큰 소리로 말했다. "주님, 제발 먹게 해 주세요."

하지만 고기는 미끼를 물지 않았다. 멀리 가 버렸는지 아무런 반응도 없었다.

"그냥 갔을 리가 없어." 노인이 말했다. "절대 갔을 리 없어. 한 바퀴 돌고 있는 걸 거야. 전에 낚시에 걸린 적이 있어서 그걸 기억하고 있는지도 모르겠군."

그때 낚싯줄이 가볍게 끌리자 노인은 기분이 좋아졌다.

"한 바퀴 돌고 온 거네. 이젠 분명히 먹을 테지." 노인이 말했다.

가볍게 당기는 느낌에 기분이 좋아진 찰나에 무언가 거세고 믿을 수 없을 만큼 무거운 것이 느껴졌다. 물고기의 무게였다. 노인은 두 개의 예비 낚싯줄 중 하나를 계속해서 아래로, 아래로 풀어 주었다. 손가락 사이로 줄이 가볍게 풀려나가는 동안, 엄지와 집게손가락에 힘을 주지 않아도 육중한 무게감이 느껴졌다.

"엄청난 놈이구나." 노인이 말했다. "미끼를 비스듬히 물고 도망가려 하고 있어."

그러다가 한 바퀴 돌고 와서는 미끼를 삼키겠지. 노인은 생각했다. 하지만 소리 내어 말하지는 않았다. 좋은 일은 입 밖에 내면 이루어지지 않는다는 걸 알기 때문이다. 노인은 이 고기가 얼마나 거대한지 가늠할 수 있었고, 다랑어의 옆구리를 문 채 어둠 속으로 달아나는 놈의 모습을 상상해 보았다. 바로 그때 고기의 움직임이 멈추는 것이 느껴졌지만 무게감은 아직 그대로 남아 있었다. 점점 더 무거워지자 노인은 줄을 더 풀었다. 순간 엄지와 검지를 꽉 쥐니 더욱 무겁게 느껴지면서 줄은 아래로 쭉 내려갔다.

"먹었어." 노인이 말했다. "제대로 먹게 해 줘야지."

노인은 손가락 사이로 줄이 풀려 내려가도록 둔 채 왼손을 뻗어 여분 낚싯줄 두 개의 끝을 다른 여분 낚싯줄 두 개에 단단히 묶었다. 이로써 만반의 준비가 끝났다. 지금 쓰고 있는 낚싯줄 외에 칠십 미터짜리 줄을 여분으로 세 개나 더 갖게 된 것이다.

"조금만 더 먹어라." 노인이 말했다. "꿀꺽 삼켜."

낚싯바늘 끝이 심장에 박혀 죽을 때까지 꿀꺽 삼켜. 노인은 생각했다. 물 위로 올라와. 내가 작살로 너를 찌를 수 있게. 자, 준비됐지? 이제 충분히 먹었나?

"지금이다!" 노인은 소리 내어 외치고는 두 손으로 줄을 움켜쥐고 일 미터 정도 낚아챘다. 그러고는 반복해서 양팔의 힘과 체중을 실어 당기고 또 당겼다.

그러나 아무 일도 일어나지 않았다. 고기는 조금씩 멀어졌지만 노인은 조금도 끌어올릴 수 없었다. 노인의 낚싯줄은 큰 고기를 잡으려고 만든 것이라 매우 튼튼했다. 노인은 줄을 등에 대고 버텼다. 어찌나 팽팽한지 줄에서 물방울이 튈 정도였다. 곧이어 물속에서 천천히 쉿쉿 하는 소리가 났다. 노인은 노 젓는 자리에 앉은 채 끌리는 힘에 맞서 몸을 뒤로 젖히며 계속해서 줄을 잡고 있었다. 조각배는 북서쪽을 향해 천천히 움직이기 시작했다.

고기는 꾸준히 움직였고, 잔잔한 바다 위로 배와 고기가 천천히 나아갔다. 다른 미끼들은 아직 물속에 있었지만 아무 반응도 없었다.

"그 아이가 옆에 있었으면." 노인이 소리 내어 말했다. "나는 고기한테 끌려가고 있어. 내 몸은 닻줄 거는 기둥이 됐구나. 줄을 고정해 놓을 수도 있지만, 그랬다간 놈이 줄을 끊어 버릴지도 몰라. 어떻게든 붙잡고 있다가 놈이 꼭 필요로 할 때는 줄을 풀어 줘야 해. 저놈이 아래로 내려가지 않고 앞으로 가고 있으니 천만다행이군."

놈이 아래로 내려가기로 마음먹으면 어떻게 하지? 물 밑으로 곤두박질쳐서 죽어 버리면 어쩌나? 모르겠다. 하지만 무슨 수가 있겠지. 나도 방법은 많으니까.

노인은 줄을 등에 멘 채 버티며 물속으로 비스듬하게 뻗은 낚싯줄과 북서쪽으로 나아가는 배를 지켜봤다.

이러다 놈은 죽을 거야. 노인은 생각했다. 영원히 버티진 못할 테니까. 그러나 네 시간이 지나도록 고기는 계속해서 배를 끌며 바다 멀리 헤엄쳐 갔다. 노인은 여전히 낚싯줄을 등에 멘 채 단단히 버티고 있었다.

"저 녀석을 낚은 게 정오였지." 노인이 말했다. "그런데 아직 모습을 보지는 못했구나."

노인은 고기가 낚시에 걸려들기 전부터 밀짚모자를 푹 눌러쓰고 있었던 터라 이마가 아팠다. 갈증까지 나자 무릎을 꿇고는 줄이 갑자기 당겨지지 않도록 조심하며 최대한 뱃머리 가까이 기어가 한쪽 손을 뻗어 물병을 집었다. 노인은 뚜껑을 열고 물을 조금 마셨다. 그런 다음 뱃머리에 몸을 기댄 채 잠시 쉬었다. 돛대받침에서 떼어 낸 돛대와 돛 위에 앉아서 쉬는 동안, 오직 견뎌야 한다는 것 외에는 아무런 생각도 하지 않으려고 애썼다.

뒤를 돌아보았지만 육지는 보이지 않았다. 그렇다고 달라지는 건 없어. 노인은 생각했다. 언제든지 아바나 쪽에서 비치는 빛을 따라 돌아가면 되니까. 해가 지려면 아직 두 시간이나 남았어. 녀석이 그전에는 올라올지도 모르지. 그러지 않으면 달이 뜰 때까지는 올라오겠지. 그것도 아니라면 해가 뜰 때는 올라오겠지. 아직 내 몸엔 쥐가 난 곳도 없고 기운도 넘쳐. 입에 낚싯바늘을 물고 있는 건 저놈이야. 그런데 저렇게 당길 수 있다니 대단한 고기로군. 철사를 문 채 입을 꽉 다물고 있을 거야. 한번 봤으면 좋겠네. 내가 어떤 놈을 상대하고 있는지 알 수 있게 잠깐이라도 보고 싶어.

고기는 밤새도록 진로나 방향을 바꾸지 않고 나아갔다. 노인은 별을 보고 그것을 알 수 있었다. 해가 지고 나니 쌀쌀해졌다. 등과 두 팔과 노쇠한 다리에 흘러내렸던 땀이 말라 한기가 느껴졌다. 낮에 노인은 미끼 상자를 덮고 있던 부대를 햇볕에 말려 놓앉았었는데, 해가 지자 그것을 목에 묶어 등으로 늘어뜨린 다음 양쪽 어깨를 가로지르는 낚싯줄 밑으로 조심스럽게 밀어 넣었다. 낚싯줄이 짓누르는 힘을 부대가 덜어 주는 데다 뱃머리에 기대고 있는 법을 알아내서 제법 편안한 자세가 되었다. 실제로는 그전과 비교했을 때 약간 견딜 만한 정도였지만 노인은 충분히 편한 자세라고 생각했다.

나도 저놈을 어떻게 할 방법이 없고 저놈도 나를 어떻게 할 방법이 없군. 노인은 생각했다. 놈이 지금처럼 버틴다면 방법이 없어.

한번은 일어나서 뱃전 너머로 오줌을 누고는 별을 보며 진로를 확인했다. 어깨에서 곧게 뻗어 나간 낚싯줄은 물속에서 빛나는 인광처럼 보였다. 이제 배와 고기는 아까보다 천천히 움직이고 있었다. 아바나 쪽 불빛이 그다지 밝지 않은 것으로 미루어 해류가 그들을 동쪽으로 데려가고 있음을 알 수 있었다. 아바나의 불빛이 보이지 않는다면 우리는 동쪽으로 가고 있는 게 틀림없어. 노인은 생각했다. 고기가 옳은 방향으로 갔다면 벌써 몇 시간 전에 불빛을 봤을 텐데. 오늘 메이저리그 야구는 어떻게 됐을까? 노인은 생각했다. 라디오로 들을 수 있으면 참 멋질 텐데. 그러다가 노인은 마음을 다잡았다. 지금 뭘 하고 있는지를 생각해야지. 바보짓을 해서는 안 돼.

그러고서 노인은 소리 내어 말했다. "그 아이가 같이 왔으면 좋았을 텐데. 도움도 받고 이런 순간도 함께 구경했을 텐데."

늙으면 혼자 있지 말아야 해. 노인은 생각했다. 하지만 어쩔 수 없지. 상하기 전에 다랑어 먹는 걸 잊지 말자. 그래야 힘을 내지. 잊지 마. 아무리 입맛이 없어도 아침엔 저걸 먹어야 해. 노인은 스스로에게 다짐했다.

밤에는 돌고래 두 마리가 배 주위에 다가왔다. 이리저리 뒹구는 소리와 물 뿜는 소리가 들렸다. 노인은 수컷이 물을 내뿜는 소리와 암컷이 한숨 쉬듯 뿜어내는 소리를 구별할 수 있었다.

"좋은 녀석들이야." 노인이 말했다. "같이 놀고, 장난치고 서로 사랑하고. 날치처럼 우리에겐 형제나 마찬가지인 녀석들이지."

노인은 자신이 낚은 큰 고기가 불쌍하다는 생각이 들었다. 참 멋지고 별난 놈이야. 몇 살이나 됐을까? 노인은 생각했다. 이렇게 힘센 놈도 처음이지만 이렇게 이상하게 구는 놈도 처음이야. 영리한 놈이라 뛰어오르지 않나 봐. 놈이 날뛰거나 사납게 굴면 나는 질 수밖에 없겠지. 이미 여러 번 낚시에 걸려 본 경험이 있을지도 몰라. 그래서 이렇게 싸워야 한다고 생각하는지도 모르지. 상대가 오직 한 사람뿐이라는 것도, 게다가 노인이라는 사실도 저 녀석은 모를 거야. 아무튼 굉장한 고기야. 살이 좋은 고기라면 값이 꽤 나가겠지? 미끼를 무는 느낌으로 봐서 수컷 같은데. 끌고 가는 것도 그렇고. 싸울 때도 전혀 당황하는 기색이 없어. 저놈한테도 계획이라는 게 있을까? 아니면 그냥 나처럼 필사적인 걸까?

노인은 예전에 청새치 한 쌍 중에서 한 마리만 낚은 일이 생각 났다. 청새치는 언제나 수컷이 암컷에게 먹이를 먼저 먹도록 양 보하는데, 그날 낚시에 걸린 암컷은 겁에 질려 날뛰며 필사적으로 투쟁하다가 힘이 빠져 버렸다. 그러는 동안 수컷은 암컷 옆에 붙어서 낚싯줄 위아래를 오가기도 하고 수면을 맴돌기도 했다. 수컷이 너무 바싹 붙어 있어서 노인은 불안했다. 날카로운 데다 크기나 모양마저 낫처럼 생긴 수컷의 꼬리가 낚싯줄을 끊을 수도 있었기 때문이다. 노인은 암컷을 갈고리로 끌어 올려 몽둥이로 후려갈겼다. 가장자리가 사포처럼 거칠고, 뾰족한 칼같이 생긴 부리를 잡고서 정수리를 마구 후려친 것이다. 고기의 색깔이 거울의 뒷면처럼 변해 버렸다. 소년의 도움을 받아 배 안으로 암컷을 끌어 올릴 때까지도 수컷은 배 근처에서 떠나지 않았다. 그러고 나서 노인이 낚싯줄을 풀고 작살을 준비하는 동안 수컷은 암컷이 있는 곳을 보려고 배 옆에서 높이 뛰어올랐다가 날개처럼 생긴 보라색 가슴지느러미를 활짝 펴고 보라색 줄무늬를 내보이더니 물속 깊은 곳으로 자취를 감췄다. 아름다운 녀석이었어. 그렇게 끝까지 곁에 있었다니까. 노인은 그때를 떠올렸다.

청새치를 잡으면서 본 것 중에 제일 슬픈 장면이었지. 노인은 생각했다. 그 아이도 슬퍼했고 우리는 그 암놈에게 용서를 구하고는 바로 칼질을 했지.

"그 아이가 여기 있었으면 좋았을 텐데." 노인은 소리 내어 말한 뒤 뱃머리 쪽 둥그스름한 널빤지에 몸을 기댔다. 자신이 정한 진로로 꾸준히 나아가는 큰 고기의 힘이 어깨에 걸머진 낚싯줄을 통해 느껴졌다. 내게 걸려든 이상 네놈 역시 뭐든 해야만 했겠지. 노인은 생각했다.

그런데 녀석은 올가미나 함정, 배신이 미치지 못하는 깊고 어두운 바닷속에 남아 있는 쪽을 택했어. 나는 세상 사람들이 다다르지 못하는 곳까지 가서 그놈을 찾아내는 걸 택했지. 세상 사람들이 다다르지 못하는 곳. 그래서 우리는 정오부터 지금까지 함께 있는 거야. 너나 나나 도와줄 이는 아무도 없구나.

어부가 되지 말걸 그랬나. 노인은 생각했다. 하지만 난 어부가 되려고 태어났어. 날이 밝으면 잊지 말고 다랑어를 먹어야지.

동이 트기 얼마 전, 뒤쪽에 내려 둔 미끼 중 하나에 뭔가가 걸려들었다. 막대 부러지는 소리와 함께 줄이 뱃전 너머로 풀려나가는 소리가 들렸다. 어둠 속에서 노인은 칼집에서 칼을 꺼내고는 왼쪽 어깨로 고기의 중량을 버티며 뱃전에 낚싯줄을 대고 끊어 버렸다. 이어서 가장 가까이에 있던 다른 줄도 끊어 버린 뒤, 어둠 속에서 그 예비 낚싯줄들의 풀어진 끝부분을 단단히 동여맸다. 노인은 한 손만을 사용해 능숙하게 낚싯줄을 다루면서 매듭을 꽉 조일 때는 감아 놓은 낚싯줄을 한쪽 발로 밟아서 고정했다. 이제 예비 낚싯줄은 모두 여섯 개가 되었다. 미끼가 달려 있던 이제 막 잘라낸 것에서 두 개씩, 지금 고기가 물고 있는 낚싯줄에서 두 개, 이렇게 여섯 개가 모두 연결된 것이다.

날이 밝으면 칠십 미터짜리 낚싯줄이 있는 데로 가서 그것마저 끊어 버리고 예비 줄에 이어야겠어. 사백 미터짜리 질 좋은 카탈루냐산 낚싯줄과 목줄을 잃게 생겼구나. 그런 거야 또 구하면 되지. 다른 고기를 낚는다고 이 녀석을 놓치면 그걸 누가 보상해 주겠어? 지금 막 미끼를 물었던 놈이 어떤 고기인지는 몰라. 청새치나 황새치 아니면 상어였겠지. 너무 급하게 떼어 내느라 느껴 보지도 못했네.

노인은 큰 소리로 말했다. "그 아이가 있었으면 얼마나 좋았을까."

하지만 그 아이는 지금 네 옆에 없잖아. 노인은 생각했다. 지금은 너 혼자뿐이니 어둡거나 말거나 마지막 줄이 있는 데로 가서 그걸 끊어 버리고 예비용 줄 두 개를 이어 놓아야 해.

그래서 노인은 그렇게 했다. 어둠 속이라 쉽지 않았다. 한번은 고기가 요동을 쳐서 앞으로 고꾸라지는 바람에 눈 아래가 찢어졌다. 피가 뺨을 타고 조금 흘러내리다 턱까지 가기도 전에 굳어 버렸다. 노인은 뱃머리 쪽으로 가서 판자에 몸을 기대고 쉬었다. 그곳에서 부대의 위치를 바로잡은 다음 조심스럽게 낚싯줄을 움직여 어깨 위에서 지금까지와는 다른 부위에 줄이 걸리도록 했다. 그렇게 어깨에 줄을 고정한 뒤, 노인은 고기가 당기는 힘을 조심스럽게 느끼며 한 손을 물에 담가 조각배가 나아가는 속도를 가늠해 보았다.

저놈이 무엇 때문에 몸부림쳤을까? 노인은 생각했다. 목줄의 철사가 언덕같이 큰 등에 스친 게 분명해. 그래도 내 등만큼 아프지는 않겠지. 하지만 녀석이 아무리 덩치가 크다 해도 이 배를 영원히 끌고 갈 수는 없어. 이제 문제가 될 만한 건 모두 해결했어. 예비 줄도 넉넉히 있고, 이 이상 바랄 게 없지.

"고기야." 크지만 부드러운 목소리로 노인이 말했다. "나는 죽을 때까지 너랑 같이 있으마."

저놈도 끝까지 나하고 같이 있어 주겠지. 이렇게 생각하며 노인은 어서 날이 밝아 오기를 기다렸다. 날이 밝기 직전이라 몹시 추웠기에 노인은 몸을 따뜻하게 하려고 뱃전에 몸을 바짝 붙였다. 저놈이 버틴다면 나도 할 수 있어. 노인은 생각했다. 날이 밝아 오자 낚싯줄이 물속으로 풀려 내려갔다. 배는 한결같이 나아가고 있었다. 해가 수면에서 처음 얼굴을 내밀자 노인의 오른쪽 어깨 쪽으로 빛이 내려앉았다.

"녀석이 북쪽으로 가고 있구나." 노인이 말했다. 해류 때문에 우리는 동쪽으로 멀리 밀려나게 될 거야. 노인은 생각했다. 고기가 해류를 타고 방향을 틀면 좋겠는데. 그건 놈이 지쳤다는 뜻이니까.

해가 더 높이 떠올랐을 무렵, 노인은 고기가 지치지 않았음을 깨달았다. 다만 한 가지 좋은 징조가 보였다. 낚싯줄이 기울어진 각도로 보아 고기가 덜 깊은 곳에서 헤엄치고 있음을 알 수 있었던 것이다. 그렇다고 해서 고기가 꼭 뛰어오르리라는 보장은 없었다. 하지만 가능성이 영 없지는 않았다.

"주님, 제발 고기가 뛰어오르게 해 주세요." 노인이 말했다. "저놈을 다룰 낚싯줄은 충분합니다."

줄을 아주 조금만 더 팽팽하게 당기면 놈은 아파서 뛰어오를지도 몰라. 노인은 생각했다. 이제 날이 밝았으니 놈을 뛰어오르게 해야겠다. 등뼈에 붙어 있는 부레에 공기가 차도록 해야 깊은 데로 내려가서 죽는 일은 없을 테니까.

노인은 낚싯줄을 좀 더 팽팽하게 당겨 보려고 했지만 고기가 처음 걸려들었을 때부터 이미 끊어질 듯 팽팽한 상태였다. 잡아끌려고 몸을 뒤로 젖혀 봤지만 저항이 느껴져 이 이상 당겨서는 안 된다는 것을 알 수 있었다. 낚아채서는 안 돼, 절대로. 노인은 생각했다. 세게 당길 때마다 바늘이 꿰뚫은 상처가 넓어질 수 있어. 그러다가 고기가 뛰어오르면 바늘이 빠질지도 모르지. 아무튼 해가 떠오르니 기분이 한결 낫구먼. 이때만큼은 해를 정면으로 보지 않아도 되고.

낚싯줄에 누런 해초가 달려 있었지만 오히려 고기가 끌어야 할 무게가 늘어났다는 생각에 노인은 기분이 좋아졌다. 밤새 물속에서 인광을 번쩍이던 모자반류의 해초였다.

"고기야, 난 너를 사랑하고 또 존중한단다. 하지만 오늘이 가기 전에 너를 죽이고 말 테다." 노인이 말했다.

꼭 그렇게 됐으면. 노인은 생각했다.

그때 작은 새 한 마리가 북쪽에서 조각배를 향해 날아왔다. 휘파람새는 수면 위에서 아주 낮게 날고 있었다. 노인은 새가 무척 지쳐 있음을 알 수 있었다.

새는 배꼬리에 앉아서 쉬었다. 그러다가 노인의 머리 위를 맴돌더니 좀 더 편한 낚싯줄 위에 앉았다.

"몇 살이지?" 노인이 새에게 물었다. "이번이 첫 여행이냐?"

노인이 말하자 새가 바라보았다. 새는 너무 지쳐서 낚싯줄을 제대로 살펴보지도 못한 채 가냘픈 발로 낚싯줄을 움켜쥐고는 위아래로 출렁였다.

"줄은 튼튼하단다." 노인이 새에게 말했다. "튼튼하고말고. 간밤에는 바람도 안 불었는데 지치면 어떡하니. 도대체 새들이 어쩌려고 이러냐?"

저런 새들을 찾아 바다까지 날아오는 매들이 있지. 노인은 생각했다. 그러나 새에게는 이런 말을 하지 않았다. 어차피 알아듣지도 못할 테고, 머지않아 매들에 관해서는 직접 알게 될 터였다.

"푹 쉬어라, 작은 새야." 노인이 말했다. "사람이나 다른 새들이나 물고기처럼 너도 네 운에 맡기고 뭍으로 가 봐."

밤새 뻣뻣해진 등이 이제는 몹시 아팠기에 노인은 이런 식으로라도 말을 하고 싶었다.

"원한다면 내 집에 머물러도 된단다, 새야." 노인이 말했다. "지금 미풍도 부는데 돛을 펴고 너를 뭍으로 데려다주면 좋겠지만 그러지 못해서 미안하다. 하지만 나는 네 친구야."

바로 그때 고기가 갑자기 요동치는 바람에 노인은 뱃머리 쪽으로 고꾸라졌다. 줄을 느슨하게 풀며 버티지 않았더라면 물속으로 끌려 들어갈 뻔했다.

낚싯줄을 잡아챌 때 새는 날아가 버렸지만 노인은 그 모습을 보지 못했다. 오른손으로 조심스럽게 줄을 만져 보다가 노인은 손에서 피가 흐르는 것을 알아챘다.

"고기가 뭔가에 다친 모양이군." 노인은 소리 내어 말하고는 고기의 방향을 틀 수 있는지 알아보려고 살짝 줄을 당겼다. 줄이 끊어질 정도로 팽팽해졌지만 노인은 줄을 꼭 쥔 채 몸을 뒤로 젖히며 버텼다.

"너도 이제 느껴지지, 고기야?" 노인이 말했다. "정말이지 나도 그렇단다."

노인은 새를 찾아 주위를 둘러봤다. 같이 있어 주었으면 하는 생각에서였지만 새는 이미 떠나가고 없었다.

오래 쉬지도 못하고 가 버렸구나. 노인은 생각했다. 해안까지 가려면 더 힘든 일이 많을 거야. 그런데 고기가 한번 잡아챘다고 손에 상처가 나다니. 내가 점점 멍청해지나 보군. 아니면 그 작은 새를 쳐다보느라 정신을 놓고 있었던 모양이야. 이제 일에만 정신을 쏟자. 힘이 빠지지 않게 다랑어를 꼭 먹어야지.

"그 아이가 여기 있었으면 좋으련만. 그리고 소금도 있었으면 얼마나 좋을까." 노인이 소리 내어 말했다.

노인은 낚싯줄의 무게를 왼쪽 어깨로 옮긴 다음 조심스럽게 무릎을 꿇고 바닷물에 한쪽 손을 씻었다. 일 분이 넘도록 손을 물에 담근 채 피가 꼬리를 남기며 사라지는 모습과, 배의 움직임에 따라 끊임없이 손에 부딪혀 오는 물살을 지켜봤다.

"놈이 느려졌군." 노인이 말했다.

좀 더 오랫동안 손을 물에 담그고 싶었지만 노인은 고기가 또 한 번 요동을 칠까 봐 불안한 마음이 들었다. 그래서 몸을 일으킨 뒤 버티며 해를 향해 손을 들어 보았다. 상처는 줄의 마찰 때문에 생긴 찰과상에 불과했다. 하지만 그곳은 손 중에서도 자주 쓰는 부위였다. 노인은 이 일이 끝날 때까지 손의 쓰임새가 많다는 것을 잘 알고 있었고, 일을 시작하기도 전에 손을 다쳐서 마음이 좋지 않았다.

"자." 손이 다 마르자 노인이 말했다. "이제 저 다랑어 새끼를 먹어야겠다. 갈고리대로 끌어다가 여기서 편하게 먹어야지."

노인은 무릎을 꿇고 갈고리의 끝이 사려 놓은 낚싯줄에 닿지 않도록 조심하며 배꼬리 아래쪽에 둔 다랑어를 찾아 자기 앞으로 끌어당겼다. 그러고는 다시 왼쪽 어깨로 줄을 옮겨 메고 왼쪽 손과 팔로 버티면서 고리 끝에서 다랑어를 빼낸 다음 갈고리대는 도로 제자리에 내려놓았다. 노인은 한쪽 무릎으로 고기를 누르고 검붉은 살에 대가리에서 꼬리까지 길게 칼집을 냈다. 자른 고기가 쐐기 모양이 되자 이번에는 등뼈에서 배 가장자리까지 죽 잘랐다. 그것을 다시 여섯 조각으로 잘라서 뱃머리 쪽 판자 위에 펼쳐 놓고 칼을 바지에 문질러 닦았다. 뼈대만 남은 다랑어의 잔해는 꽁지를 집어 뱃전 너머로 던져 버렸다.

"한 조각도 통째로 못 먹을 것 같네." 그렇게 말하고 노인은 토막 난 고기 한 점을 칼로 잘랐다. 낚싯줄은 여전히 팽팽했고, 왼손에는 쥐가 났다. 무거운 줄을 잡은 손이 뻣뻣하게 오그라들자 노인은 불쾌한 듯 손을 쳐다봤다.

"무슨 놈의 손이 이래." 노인이 말했다. "쥐가 날 테면 나 봐라. 새 발톱처럼 오그라들어 봐. 그래 봐야 아무 소용 없을 거야."

자, 이제, 하고 생각하며 노인은 컴컴한 물속으로 비스듬하게 드리운 낚싯줄을 내려다봤다. 지금 먹어야 손이 힘을 쓰지. 손이 잘못한 건 아니잖아. 너는 벌써 몇 시간째 고기와 싸우고 있어. 하지만 평생이라도 녀석이랑 싸울 수 있다고. 지금 다랑어를 먹어 둬.

노인은 살 한 점을 집어 입에 넣고 천천히 씹었다. 맛은 그리 나쁘지 않았다.

꼭꼭 씹어. 노인은 생각했다. 육즙까지 다 먹어야지. 라임이나 레몬 아니면 소금이 있으면 더 먹을 만할 텐데.

"손아, 넌 좀 어떠니?" 쥐가 올라 시체처럼 뻣뻣해진 손을 보며 노인이 물었다. "너를 위해서 조금 더 먹어야겠다."

노인은 미리 잘라 둔 두 조각 중에 남은 한쪽을 집어 꼭꼭 씹어 먹고는 껍질을 뱉었다.

"손아, 이제 좀 어때? 아직 좀 더 지나 봐야 알겠니?"

노인은 다른 한 토막을 집어서 통째로 씹었다.

참 힘이 세고 활기찬 고기야. 노인은 생각했다. 만새기 대신 이놈이 걸려들어서 다행이지. 만새기는 너무 달아. 그런데 이건 전혀 달지 않고 아직도 생기가 남아 있어.

실질적인 게 아니면 아무런 의미가 없어. 그는 생각했다. 소금이 있으면 좋았을 텐데. 남은 생선이 햇볕에 썩거나 마를 수 있으니까 배가 안 고프더라도 먹어 두는 게 좋겠군. 물속의 고기는 여전히 조용하네. 나도 이걸 다 먹고 만반의 태세를 갖춰야지.

"조금만 참아라, 손아." 노인이 말했다. "너를 위해서 먹는 거야."

저 고기한테도 먹을 걸 주면 좋을 텐데. 노인은 생각했다. 내 형제니까. 하지만 나는 저놈을 죽여야 하고, 그러려면 기운이 있어야 해. 노인은 쐐기 모양의 생선 조각을 천천히 그리고 열심히 죄다 먹어 치웠다.

노인은 허리를 쭉 펴고 바지에 손을 닦았다.

"자." 노인이 말했다. "이젠 줄을 놓아도 돼, 손아. 그 멍청한 짓을 그만둘 때까진 오른팔로만 고기를 다루면 되니까." 노인은 왼손으로 붙잡고 있던 무거운 낚싯줄을 왼발로 밟고는 몸을 젖히며 등을 죄어 오는 무게를 버텼다.

"주님, 제발 쥐가 풀리도록 도와주세요." 노인이 말했다. "저 고기가 무슨 짓을 할지 알 길이 없습니다."

하지만 녀석은 침착하게 자기 계획대로 움직이는 것 같아. 노인은 생각했다. 그런데 그 계획이란 게 도대체 뭘까? 내 계획은 뭐지? 나는 그때그때 저놈의 계획에 맞춰야만 해. 놈은 엄청나게 크거든. 저놈이 물 밖으로 뛰어오르기만 하면 죽일 수 있는데 계속 저 아래에만 있으니. 그렇다면 나도 언제까지나 녀석과 함께 버텨야지.

노인은 쥐가 난 손을 바지에 문질러 손가락을 풀어 보려 했다. 하지만 손은 좀처럼 펴지지 않았다. 해가 밝으면 펴지겠지. 노인은 생각했다. 싱싱한 다랑어가 소화되면 펴질 거야. 이 손을 꼭 써야만 할 때가 온다면 무슨 수를 써서라도 펼 것이다. 하지만 지금 억지로 펴고 싶지는 않아. 저절로 펴져서 원래대로 돌아가게 해야지. 솔직히 밤새도록 낚싯줄을 매고 풀고 하면서 이 손을 너무 부려 먹었어.

노인은 바다 저편을 바라보며 지금 자신이 오롯이 혼자 있음을 깨달았다. 하지만 깊고 어두운 물속의 프리즘, 앞으로 뻗은 낚싯줄, 잔잔하면서도 묘한 파동이 눈에 들어왔다. 하늘에는 무역풍이 일어 구름이 모여들었다. 앞을 보니 물오리 떼가 하늘을 배경 삼아 조각해 놓은 듯 뚜렷하게 모습을 나타냈다가는 흐려지고 또다시 나타나면서 바다 위를 날아갔다. 노인은 그 누구도 바다에서 혼자가 아님을 깨달았다.

노인은 작은 배를 타고 육지가 보이지 않을 정도로 멀리 나가 있기를 두려워하는 사람들을 떠올리며, 갑자기 날씨가 안 좋아지는 계절에는 그럴 수도 있겠다고 생각했다. 지금은 허리케인이 부는 계절인데, 허리케인이 몰려오지만 않는다면 일 년 중 가장 좋은 때다.

바다에 나가 있으면 허리케인이 불어오기 며칠 전부터 하늘에서 그 징조를 볼 수 있다. 육지에서 그 징조를 보지 못하는 건 뭘 봐야 할지 몰라서지. 노인은 생각했다. 물론 육지에서도 구름의 모양이 다르기는 하지. 아무튼 지금은 허리케인이 불어올 징조는 안 보이는구나.

하늘에는 친근한 아이스크림 덩어리처럼 생긴 하얀 뭉게구름이 보였고, 그보다 더 높은 곳에는 구월의 하늘을 배경으로 옅은 새털구름이 떠 있었다.

"가벼운 브리사(brisa, 산들바람을 뜻하는 스페인어 —옮긴이)로군." 노인이 말했다. "너보다는 나한테 유리한 날씨구나, 고기야."

왼손은 아직 쥐가 난 상태였지만 노인은 조금씩 풀려고 했다.

쥐가 나는 건 정말 싫어. 노인은 생각했다. 그건 자기 몸에 배

신당하는 거야. 상한 고기를 먹고 남들 앞에서 설사나 구토를 하는 건 창피한 일이지. 그런데 쥐가 나는 건(노인은 쥐라는 말을 떠올릴 때 스페인어 단어인 '칼람브레'(calambre, 경련을 뜻하는 스페인어—옮긴이)로 생각했다.) 자신에게도 창피한 일이야. 혼자 있을 때는 더더욱 그렇고. 그 아이가 여기 있었다면 팔뚝 아래부터 주물러서 쥐 난 데를 풀어 주었을 텐데. 노인은 생각했다. 하지만 곧 풀릴 거야.

그때, 노인은 오른손에 쥔 줄의 당기는 힘이 달라졌음을 느꼈고 물속에 드리운 낚싯줄의 경사가 변하는 것을 보았다. 노인은 몸을 기울여 버티면서 왼손을 허벅지에 강하고 빠르게 내리쳤다. 이어서 낚싯줄이 천천히 곧게 서는 것이 보였다.

"놈이 올라오고 있어." 노인이 말했다. "손아, 제발 말 좀 들어라."

낚싯줄이 천천히 일정한 속도로 올라오고 배 앞쪽의 수면이 불쑥 솟구치며 고기가 모습을 드러냈다. 고기가 끝을 모르고 계속해서 올라오자 양옆으로 물이 쏟아져 내렸다. 햇볕을 받은 고기의 몸이 반짝였다. 대가리와 등은 짙은 자줏빛을 띠었고 햇살에 드러난 옆구리의 넓은 줄무늬는 연보랏빛을 띠었다. 주둥이는 야구 방망이처럼 길었고 그 끝은 결투용 칼처럼 뾰족했다. 고기는 물 밖으로 온몸을 드러내 보이고는 다이빙 선수처럼 부드럽게 물속으로 들어갔다. 노인이 고기의 낫처럼 생긴 꼬리가 물속으로 들어가는 모습을 본 순간, 낚싯줄은 재빠르게 다시 풀려나 갔다.

"이 배보다 육십 센티미터는 더 길겠어." 노인이 말했다. 낚싯줄은 빠르게 풀려나갔지만 그 속도가 일정한 것으로 보아 고기가 당황한 것 같지는 않았다. 노인은 두 손으로 줄이 끊어지지 않을 정도로만 당겨 보려 했다. 일정한 힘을 가해 고기의 속도를 늦추지 못하면 고기가 줄을 있는 대로 끌고 가서 결국에는 끊어 버릴 수도 있기 때문이다.

엄청나게 큰 고기구나. 녀석을 설득해야겠어. 노인은 생각했다. 자기 힘이 어느 정도인지, 탈출하면 무엇을 할 수 있는지 녀석이 알게 해서는 안 돼. 내가 저 고기라면 지금 온 힘을 다해서 끝장을 볼 텐데. 하지만 다행히도 고기들은 저희를 죽이는 우리처럼 똑똑하지 않아. 물론 우리보다 고귀하고 유능하긴 하지.

노인은 이제까지 큰 물고기를 많이 보았다. 사백오십 킬로그램이 넘는 고기도 여러 번 봤다. 물론 혼자 잡은 것은 아니었지만 그만큼 큰 고기를 잡은 적도 두 번 있었다. 그런데 지금은 육지도 보이지 않는 곳에서 평생 본 것 중에 가장 큰 고기, 이야기로만 들어 본 것보다도 더 큰 고기와 홀로 맞붙어 있다. 그런데 왼손은 아직도 독수리 발톱처럼 오그라든 채였다.

쥐 난 건 곧 풀릴 거야. 노인은 생각했다. 틀림없이 풀려서 오른손을 도울 거야. 형제라고 부를 만한 게 세 가지가 있지. 저 고기와 내 두 손이야. 그러니까 꼭 풀려야 해. 쥐가 나다니, 손답지 못하게. 고기는 다시 속력을 늦추어 평소와 같은 속력으로 나아가고 있었다.

아까 저 녀석이 왜 뛰어오른 걸까? 노인은 생각했다. 자기가 얼마나 큰지 보여 주고 싶어서 뛰어오른 것 같아. 어쨌든 이제 나는 너를 알아. 노인은 생각했다. 나도 내가 어떤 사람인지 알려줄 수 있으면 좋을 텐데. 그러면 녀석은 쥐가 난 내 손을 보게 되겠지. 내가 실제보다 더 센 사람이라는 생각이 들게 해야겠다. 또 실제로 그래야만 하고. 내가 저 고기였으면 좋겠군. 노인은 생각했다. 고작 의지와 지혜만 남은 내게 맞서 모든 걸 던져 싸우고 있는 저 녀석이고 싶구나.

노인은 편한 자세로 뱃전 널빤지에 몸을 기댄 채 고통을 견뎠다. 고기는 한결같은 속도로 헤엄쳤고, 배는 검은 물결을 헤치며 천천히 나아갔다. 동풍이 불어오자 작은 파도가 일었고, 정오가 되어서야 노인의 왼손에 났던 쥐가 풀렸다.

"너한테는 안 좋은 소식이다, 고기야." 그렇게 말하며 노인은 어깨를 덮고 있던 부대 위로 낚싯줄을 옮겼다.

조금 편안해졌을 뿐 고통은 여전했다. 하지만 노인은 고통을 인정하려 들지 않았다.

"제가 신앙심이 있는 사람은 아니지만, 이 고기를 잡게 해 달라고 주기도문 열 번, 성모송 열 번을 외겠습니다. 이 고기를 잡는다면 코브레의 대성당에 계신 성모님을 찾아 성지순례를 떠나 겠습니다. 약속할게요." 노인이 말했다.

노인은 기계적으로 기도문을 외우기 시작했다. 이따금 너무 피곤해서 기도문이 떠오르지 않을 때도 있었는데, 그럴 땐 빠르게 외우면 저절로 다음 구절이 딸려 오곤 했다. 성모송이 주기도문보다는 외우기 쉽군. 노인은 생각했다.

"은총이 가득하신 마리아님, 기뻐하소서. 주님께서 함께 계시니 여인 중에 복되시며 태중의 아들 예수님 또한 복되시나이다. 천주의 성모 마리아님, 이제 와 저희 죽을 때에 저희 죄인을 위하여 빌어 주소서. 아멘." 그런 뒤 이렇게 덧붙였다. "거룩하신 성모님, 이 고기의 죽음을 위하여 빌어 주소서. 정말 멋진 놈입니다."

기도를 다 마치니 한결 기분이 좋아졌지만 고통은 그대로였다. 아니, 어쩌면 전보다 더 심해졌는지도 모른다. 노인은 이물의 판자에 몸을 기댄 채 기계적으로 왼손가락들을 움직이기 시작했다.

미풍이 가볍게 일고 있었지만 햇볕은 뜨거웠다.

"배꼬리 쪽에 있는 짧은 낚싯줄에 미끼를 새로 달아야겠어." 노인이 말했다. "저 고기가 하룻밤을 더 버틸 생각이라면 나도 다시 배를 채워야지. 병에 든 물도 얼마 안 남았군. 여기는 만새기 말고는 잡히지 않을 것 같은데. 하지만 싱싱한 채로 먹으면 그렇게 나쁘진 않지. 오늘 밤엔 날치가 배 위로 날아와 주면 좋겠다. 하지만 날치를 끌어들일 불빛이 없어. 날치는 날로 먹어도 맛이 좋고 칼질할 필요도 없지. 이제 최대한 힘을 아껴야겠다. 놈이 이렇게까지 클 줄은 정말 몰랐네."

"그래도 꼭 죽일 테다." 노인이 말했다. "그 위대함에 걸맞도록 영예롭게 죽여 주겠어."

의로운 일이 아니긴 하지. 노인은 생각했다. 하지만 인간이 무엇을 할 수 있는지, 무엇을 견뎌 낼 수 있는지 보여 주겠어.

"그 아이한테 내가 별난 노인이라고 말했지." 노인이 말했다. "지금이야말로 그 말을 증명할 때야."

지금까지 수천 번 증명해 왔지만 그건 아무 의미도 없었다. 이제 노인은 또다시 증명할 참이었다. 매 순간이 새로운 순간이었고, 그때마다 과거는 조금도 생각하지 않았다.

녀석이 잠이 들었으면 좋겠는데. 그래야 나도 잠이 들어서 사자 꿈을 꿀 수 있을 텐데. 노인은 생각했다. 그런데 왜 머릿속에 사자만 남은 걸까? 생각하지 마, 이 늙은이야. 노인은 스스로에게 말했다. 뱃전에 몸을 기대고 쉬면서 아무 생각도 하지 마. 저 고기는 계속 움직이고 있어. 그러니까 너는 최대한 적게 움직여야 해.

어느덧 오후로 접어들었고, 배는 여전히 느리게 같은 속도로 움직였다. 동쪽에서 불어온 미풍에 밀려 배는 잔잔한 파도를 부드럽게 헤치고 나아갔다. 등을 가로지른 밧줄 때문에 아프던 것도 한결 덜해 부드러워졌다.

오후에 한 번 더 줄이 올라오기 시작했다. 하지만 고기는 조금 더 올라온 위치에서 그대로 헤엄쳐 나아갈 뿐이었다. 햇볕이 노인의 왼팔과 어깨와 등을 내리쬐었다. 그래서 노인은 고기가 북동쪽으로 방향을 틀었음을 알 수 있었다.

노인은 고기를 한 번 보았기 때문에 자줏빛 가슴지느러미를 활짝 펴고 큰 꼬리를 꼿꼿이 세운 채 어두운 바닷속을 가르며 헤엄치는 모습을 그려 볼 수 있었다. 저렇게 깊은 곳에서는 앞이 얼마나 보일까? 노인은 생각했다. 녀석의 눈이 그렇게 큰데, 그것보다 눈이 훨씬 작은 말도 어두운 데서 앞을 잘 볼 수 있거든. 한때는 나도 어둠 속에서 잘 볼 수 있었지. 물론 빛 한점 없는 어둠 속에선 볼 수 없었지만, 고양이가 보는 만큼은 볼 수 있었어.

햇볕을 쬐고 손가락을 꾸준히 움직인 덕분에 왼손에 났던 쥐는 완전히 풀렸다. 그래서 노인은 줄을 버티는 힘을 왼손으로 옮기기 시작했고, 낚싯줄이 닿아 아픈 곳을 조금 옮기려고 등 근육을 움직여 보았다.

"아직도 지치지 않았다면 넌 정말 별난 놈이다, 고기야." 노인이 소리 내어 말했다.

노인은 이제 지칠 대로 지친 데다 곧 밤이 오리라는 걸 알고 있었기 때문에 다른 일을 생각하려고 했다. 그 중 메이저리그(노인에게는 스페인어로 '그란 리가스'였다)를 떠올렸는데, 뉴욕의 양키스와 디트로이트 '티그레스'(Tigres, 스페인어로 '타이거즈'를 뜻함—옮긴이)가 맞붙는다는 것을 노인은 알고 있었다.

'후에고'(juegos, 시합을 뜻하는 스페인어—옮긴이) 결과를 모른 채 이틀이 지났구나. 노인은 생각했다. 하지만 난 자신감을 가져야 해. 발꿈치뼈 통증을 견디면서 모든 걸 완벽하게 해내는 위대한 디마지오 못지않게 해내야 해. 발뒤꿈치 뼈돌기라는 건 어떤 걸까? 노인은 자신에게 물었다. 스페인어로는 '운 에스푸엘라 데 후에소'라고 하지. 우리는 그런 병에 안 걸리는데, 싸움닭한테 달아 주는 쇠 발톱을 뒤꿈치에 박은 것만큼 아플까? 나라면 참지 못할 거야. 싸움닭처럼 한쪽 눈이나 양쪽 눈이 빠지고도 계속해서 싸우지는 못할 거야. 인간은 새나 짐승만큼 훌륭하지 않아. 나는 차라리 컴컴한 바닷속에 있는 저 짐승이고 싶군.

"상어만 오지 않는다면." 노인은 큰 소리로 말했다. "상어가 나타난다면 나나 저놈이나 딱한 신세가 되는 거지."

위대한 디마지오는 나처럼 이렇게 오랫동안 고기와 싸울 수 있을까? 노인은 생각했다. 아마 그럴 수 있을 거야. 젊고 강하니까 이 이상도 해내겠지. 게다가 그 선수의 아버지도 한때 어부였다잖아. 발뒤꿈치가 너무 아파서 어려우려나?

"그야 알 수 없지." 노인이 소리 내어 말했다. "난 뼈돌기가 나 본 적이 없으니까."

해가 지자 노인은 자신감을 찾으려고 카사블랑카의 술집에서 시엔푸에고스 출신의 덩치 큰 흑인과 팔씨름을 하던 때를 떠올렸다. 그 흑인은 그곳 부두에서 제일가는 장사였다. 두 사람은 테이블에 분필로 그은 선 위에 팔꿈치를 곧게 올려놓고 서로의 손을 움켜쥔 채 하룻낮과 하룻밤을 꼬박 겨루었다. 둘은 서로 상대의 손을 테이블에 넘어뜨리려고 안간힘을 썼다. 큰 판돈이 오갔고, 등유 램프 불빛 아래로 구경꾼들이 들락거렸다. 그는 흑인의 팔과 손, 그리고 흑인의 얼굴을 바라보았다. 처음 여덟 시간이 지나서는 심판이 잠을 잘 수 있도록 네 시간마다 심판을 바꿨다. 양쪽 다 손톱 밑에서 피가 배어 나왔고, 둘은 서로의 눈과 손과 팔을 쳐다봤다. 돈을 건 사람 중에는 그곳을 들락거리는 이들도 있었고, 벽 쪽에 있는 높은 의자에 앉아 지켜보는 이들도 있었다. 판자로 된 벽은 밝은 파란색으로 칠해져 있었고, 램프 불빛이 두 사람의 그림자를 벽에 비추고 있었다. 흑인의 그림자는 어마어마하게 컸고, 미풍에 램프 불이 흔들릴 때마다 벽의 그림자도 움직였다.

밤새도록 엎치락뒤치락할 뿐 승부가 나지 않았다. 사람들은 흑인에게 럼주를 먹여 주고 담배를 물려 줬다. 술을 마시고 난 흑인은 안간힘을 쓰더니 한 번은 노인을, 아니 그때는 노인이 아닌 '엘 캄페온'(El Campeon, 영어로는 챔피언에 해당하는 스페인어 —옮긴이)이던 산티아고의 팔을 팔 센티미터 정도 아래로 꺾었다. 하지만 노인은 손을 원래 위치로 밀어 올리며 또다시 팽팽한 상태를 만들었다. 성격도 좋고 운동 신경도 뛰어난 이 흑인을 이길 수 있다고 그는 확신했다. 날이 밝아 올 무렵, 무승부로 하면 어떻겠냐는 돈을 건 사람들의 제안에 심판이 고개를 가로저을 때, 그는 온 힘을 다해 흑인의 손을 눌러 마침내 테이블에 닿게 했다. 시합은 일요일 아침에 시작해서 월요일 아침에야 끝이 났다. 돈을 건 이들이 무승부를 제안했던 이유는 대부분 부두에 나가 설탕 포대를 배에 싣거나 아바나 석탄 회사에 일하러 가야 했기 때문이다. 그렇지 않았다면 누구나 시합이 끝까지 가기를 원했을 것이다. 하지만 그는 모두가 일하러 가야 할 시간이 되기 전에 시합을 끝낸 것이다.

그 일이 있고 오랫동안 사람들은 그를 챔피언이라고 불렀고, 봄에는 복수전이 열렸다. 하지만 사람들은 이번 시합에 돈을 많이 걸지 않았고, 첫 시합에서 시엔푸에고스 출신 흑인의 기를 꺾어 놓았기 때문에 이번에는 쉽게 이길 수 있었다. 그 후 한두 번 더 승부를 겨뤘지만 그 이상은 하지 않았다. 마음만 먹으면 누구든 이길 수 있다고 생각했고, 고기를 잡아야 하는 오른손에 팔씨름이 좋지 않다고 생각했기 때문이다. 연습 삼아 왼손으로 몇 번 시합해 봤지만, 왼손은 배신을 일삼았고 뜻대로 움직이질 않았기 때문에 그 뒤로는 왼손을 믿지 않게 되었다.

햇볕이 손을 풀어 주겠지. 노인은 생각했다. 밤에 날씨가 너무 추워지지만 않는다면 다시 쥐가 나지는 않을 거야. 오늘 밤에는 어떤 일이 생길지 궁금하네.

마이애미로 가는 비행기 한 대가 머리 위를 지나갔고, 그 그림자에 놀란 날치 떼가 물 위로 뛰어오르는 것이 보였다.

"날치가 저렇게 많은 걸 보니 틀림없이 만새기가 있겠어." 이렇게 말한 뒤 노인은 고기가 당겨지는지 보려고 줄을 걸친 등을 뒤로 젖혔다. 하지만 당겨지기는커녕 오히려 줄이 끊어질 듯 팽팽해진 채 부르르 떨리며 물방울이 튀었다. 배는 천천히 앞으로 나아가고 있었고, 노인은 비행기가 보이지 않을 때까지 그쪽을 응시했다.

비행기를 타고 있으면 기분이 이상할 거야. 노인은 생각했다. 저렇게 높은 데서는 바다가 어떻게 보일까? 너무 높이 날지만 않으면 고기도 잘 보일 거야. 이백 패덤 정도 되는 높이에서 천천히 날면서 고기들을 내려다보면 좋겠다. 거북잡이 배를 탈 때 돛대 꼭대기에 있는 가름대에 올라간 적이 있는데, 그 정도 높이에서도 보이는 게 꽤 많았어. 거기에서는 만새기가 더 진한 초록색으로 보였고, 줄무늬와 자줏빛 반점도 보였고, 고기 떼가 헤엄치는 것도 보였어. 그런데 왜 어두운 해류에서 빠르게 돌아다니는 고기들은 대부분 자줏빛 등에 자줏빛 줄무늬나 반점이 있는 걸까? 물론 만새기는 원래 황금빛이기 때문에 초록색으로 보이는 걸 거야. 그런데 정말 배가 고파서 먹이를 쫓을 때는 청새치처럼 옆구리에 자줏빛 줄무늬가 나타나. 화가 나서 그런 무늬가 생기는 걸까, 아니면 헤엄치는 속도가 빨라져서 그런 걸까?

날이 저물기 직전, 커다란 섬처럼 떠 있는 모자반류 해초 더미 옆을 지날 때였다. 해초가 잔잔한 파도에 흔들리는 모습은 마치 노란 담요 아래에서 드넓은 바다가 무언가와 사랑을 나누는 것 같았다. 바로 그때 작은 낚싯줄에 만새기 한 마리가 물렸다. 노인 이 그 고기를 처음 본 것은 고기가 공중에 뛰어올라 노을에 황금 색으로 빛나며 몸부림칠 때였다. 만새기는 겁에 질린 채 곡예를 부리듯 계속해서 뛰어올랐다. 노인은 배꼬리 쪽으로 돌아가서 몸 을 웅크리고는 오른손과 오른팔로 큰 낚싯줄을 잡고 왼손으로는 만새기를 끌어당기며, 한번 당길 때마다 딸려 온 줄을 맨발로 눌 러 밟았다. 만새기가 필사적으로 날뛰며 고물 가까이에 끌려오자 노인은 고물 너머로 몸을 내밀어 자줏빛 반점이 있는 황금빛 고 기를 배 안으로 들어 올렸다. 고기는 낚시를 끊으려는 듯 발작하 듯이 빠르게 턱을 움직이며, 길고 납작한 몸뚱이와 대가리와 꼬 리로 배 바닥을 세차게 쳐댔다. 노인이 황금빛 대가리를 몽둥이 로 내리치자 비로소 만새기는 몸을 떨더니 잠잠해졌다.

노인은 낚싯바늘에서 고기를 빼낸 뒤 다시 정어리를 미끼로 매달아 물에 던지고는 천천히 뱃머리 쪽으로 돌아와 왼손을 물 에 씻고 바지에 닦았다. 그런 다음 오른손에 들고 있던 큰 줄을 왼손으로 옮겨 쥐고, 이번에는 오른손을 바닷물에 씻었다. 그러 면서 노인은 해가 바닷속으로 가라앉는 모습과 큰 낚싯줄이 비 스듬히 드리워 있는 모습을 지켜보았다.

"저 녀석은 조금도 달라지지 않았구나." 노인이 말했다. 하지만 손에 닿는 물살을 관찰해 보니 속도가 눈에 띄게 줄어든 것을 알 수 있었다.

"노 두 개를 배꼬리 쪽에 가로로 묶어 놓으면 밤사이에 저 놈의 속도는 느려질 거야." 노인이 말했다. "저놈은 오늘 밤도 끄떡없을 테고, 나도 끄떡없어."

만새기는 조금 더 뒀다가 창자를 빼야겠다. 그래야 살 속에 피를 머금고 있지. 노인은 생각했다. 조금 이따가 만새기를 다듬고 노를 매다는 걸 한꺼번에 해야겠어. 지금은 해 질 녘이니 저놈을 조용히 내버려 두는 게 좋아. 어떤 고기든 해 질 무렵에는 다루기가 힘드니까.

노인은 바람에 손을 말린 뒤 줄을 잡고 최대한 편한 자세로 뱃전에 몸을 기댔다. 자신이 받는 저항, 어쩌면 그 이상을 배에 떠맡긴 채 끌려가기 위함이었다.

이제 요령이 생기는군. 노인은 생각했다. 그리 대단한 건 아니지만. 그런데 저 녀석은 미끼를 문 이후로 아무것도 못 먹었어. 몸집이 커서 먹기도 엄청 많이 먹을 텐데. 난 다랑어 한 마리를 통째로 먹었지. 내일은 만새기를 먹을 거고. 노인은 만새기를 '도라도'(dorado. 금색을 뜻하는 스페인어. 만새기를 뜻하기도 한다.—옮긴이)라고 불렀다. 어쩌면 내장을 뺄 때 조금 먹어 두는 게 좋겠군. 다랑어보다는 먹기가 거북할 거야. 하긴, 쉬운 일이

어디 있겠나.

"좀 어떠냐, 고기야?" 노인이 큰 소리로 물었다. "난 기분이 좋아. 왼손도 좋아졌고 오늘 밤과 내일 낮에 먹을 식량도 마련했지. 계속 배를 끌어라, 고기야."

하지만 정말로 기분이 좋지는 않았다. 낚싯줄에 짓눌린 등의 통증이 이제 아픈 정도를 지나 믿기 힘들 지경으로 무감각한 상태에 이르렀기 때문이다. 이것보다 더한 일도 겪었는걸. 노인은 생각했다. 오른손에 난 상처는 가볍게 베인 정도고, 반대쪽 손은 쥐가 다 풀렸어. 두 다리도 멀쩡하고. 게다가 식량 문제라면 이제 내가 훨씬 유리한 입장이지.

날은 어두워졌다. 구월에는 해가 떨어지자마자 바다가 금세 어두워진다. 노인은 뱃머리 쪽 낡은 판자에 기댄 채 최대한 편하게 쉬었다. 첫 별들이 모습을 드러냈다. 노인은 리겔(오리온자리를 이루는 별 중 하나―옮긴이)이라는 별의 이름은 알지 못했지만, 그 별이 보였으니 곧 다른 별들도 떠오르리라는 걸 알고 있었다. 그러면 먼 곳의 친구들을 모두 만나게 된다.

"저 고기도 내 친구지." 노인이 소리 내어 말했다. "저런 고기는 여태껏 본 적도 없고 들은 적도 없어. 하지만 난 저놈을 죽여야만 해. 저 별들은 죽이지 않아도 되니 참 다행이야."

매일 인간이 달을 죽여야 한다고 상상해 봐. 노인은 생각했다. 달은 도망칠 거야. 또 매일 인간이 해를 죽여야 한다고 상상해 봐. 우리는 운 좋게 태어난 거야. 노인은 생각했다.

그러자 노인은 며칠 동안 아무것도 먹지 못한 큰 고기가 가여워졌다. 그렇다고는 해도 고기를 죽이겠다는 결심은 흔들리지 않았다. 저 고기를 잡으면 몇 명이 먹을 수 있을까? 노인은 생각했다. 하지만 그 사람들은 저 고기를 먹을 자격이 있을까? 아니, 당연히 없지. 저 당당한 태도와 위엄을 생각해 보면 어떤 인간에게도 저놈을 먹을 자격은 없어.

나는 이런 것들은 잘 몰라. 노인은 생각했다. 하지만 우리가 해나 달이나 별을 죽이지 않아도 된다는 건 정말 다행스러운 일이야. 바다에 살면서 우리의 참다운 형제를 죽이는 것만으로도 충분해.

자, 이제는 배의 속도를 늦추는 방법에 대해 생각해야 해. 노인은 생각했다. 위험이 따르지만 좋은 점도 있지. 고기가 안간힘을 쓰는데 노를 묶어서 만든 저항 때문에 배가 무거워져 나아가질 않는다면 줄을 너무 많이 풀어 줘야 할 테고, 그러면 놈을 놓칠지도 몰라. 또 배가 너무 가벼워지면 저놈이나 나나 고통을 연장하는 꼴이 될 테지. 하지만 저놈이 전에 없던 엄청난 속력을 낸다면 나로서는 가벼운 편이 오히려 안전해. 일이 어떻게 흘러가든 나는 만새기가 상하지 않도록 내장을 빼내고 조금 먹어서 힘을 내야겠어.

한 시간을 더 쉬고 나서도 저놈이 끄떡없으면 그때 배꼬리 쪽으로 돌아가 일을 하면서 결정을 내리자. 그러는 동안 고기가 어떻게 나오는지, 어떤 변화가 생기는지 알 수 있을 거야. 노를 묶어 둔 건 묘수였어. 하지만 이제는 안전을 생각해야 할 때야. 녀석은 여전히 힘이 센 데다, 주둥이 한쪽 구석에 바늘이 꽂혀 있는데도 입을 꾹 다물고 있는 걸 내 눈으로 봤으니까. 낚싯바늘에 걸린 건 고통 축에도 못 들지. 굶주림의 고통, 대상도 모른 채 싸우는 고통에 비하면 말이야. 이제 좀 쉬도록 해, 늙은이야. 다음 할 일이 생길 때까지 저놈은 애를 쓰게 놔두라고.

노인은 두 시간쯤 쉬었다. 늦게까지 달이 뜨지 않아서 시간을 알 길이 없었다. 게다가 다른 때와 비교해 그나마 쉬었다는 것이지 정말로 푹 쉬었다고 볼 수 없었다. 여전히 고기가 당기는 힘을 양쪽 어깨로 버티고 있었지만, 이제 왼손으로 뱃머리의 가장자리를 잡고는 고기의 무게를 배 자체에 떠넘겼다.

낚싯줄을 고정할 수만 있다면 참 간단할 텐데. 노인은 생각했다. 하지만 고기가 조금만 몸부림쳐도 줄이 끊어질 수 있지. 줄을 당기는 힘을 내 몸으로 버티면서 언제든 두 손으로 줄을 풀 수 있도록 해야 해.

"하지만 아직 한숨도 잠을 못 잤잖아, 이 늙은이야." 노인이 소리 내어 말했다. "반나절하고도 하룻밤, 또 하루가 가도록 못 잤어. 고기가 저렇게 얌전히 있는 동안 어떻게든 조금이라도 잠잘 궁리를 해야겠어. 잠을 안 자면 머리가 흐려질 테니까."

아니, 내 머리는 맑아. 노인은 생각했다. 너무나 맑아서 탈이야. 내 형제들인 별들처럼 또렷해. 그래도 잠을 자야 해. 별도, 달도, 해도 잠을 자잖아. 심지어 바다도 해류가 없는 조용한 날이면 잠이 들곤 하지.

그러니까 잠자는 걸 잊어서는 안 돼. 노인은 생각했다. 억지로라도 자야 해. 그리고 낚싯줄에 대해서는 단순하고 확실한 방법을 찾아보자. 이제 자리로 돌아가서 만새기를 손질해야지. 잠을 꼭 자야만 한다면 노를 물속에서 끌리도록 매단 게 위험할 수도 있어.

나는 안 자고도 견딜 수 있어. 노인은 혼잣말했다. 하지만 너무 위험해.

노인은 손과 무릎으로 기어서 배꼬리 쪽으로 갔다. 고기에게 충격을 주지 않기 위해서였다. 저 녀석도 반쯤 잠들었는지 몰라. 노인은 생각했다. 저놈이 쉬도록 해서는 안 돼. 죽을 때까지 배를 끌게 해야 해.

배꼬리로 돌아간 노인은 몸을 돌려서 왼손으로 어깨에 멘 줄을 잡고 오른손으로는 칼집에서 칼을 뽑았다. 이제 별빛이 반짝여서 만새기가 선명하게 보였다. 노인은 칼날로 만새기 대가리를 찔러 배꼬리 밑에서 끌어낸 뒤, 한쪽 발로 몸통을 밟고는 항문에서 아래턱 끝까지 단칼에 갈랐다. 그러고는 칼을 내려놓고 오른손으로 내장을 빼낸 다음, 속을 깨끗이 긁어내고 아가미까지 뜯어냈다. 고기의 위를 만져 보니 묵직하고 미끈거려 반으로 갈라 보았다. 그 안에는 날치 두 마리가 들어 있었다. 날치는 싱싱하고 단단했다. 노인은 그것들을 나란히 내려놓고 만새기의 내장과 아가미는 뱃전 너머로 던져 버렸다. 그것들은 물에 인광의 꼬리를 남기며 가라앉았다. 만새기의 몸통은 차가웠고, 이제는 별빛을 받아 나병 환자처럼 희뿌연 색깔로 보였다. 노인은 오른발로 고기의 대가리를 누르고 한쪽 면의 껍질을 벗겼다. 그러고는 고리를 뒤집어 반대쪽 껍질을 마저 벗긴 뒤 대가리에서 꽁지까지 칼로 양쪽의 살점을 잘라 냈다.

노인은 만새기의 잔해를 뱃전 너머로 떨어뜨리고는 물속에 소용돌이가 일어나는지 지켜보았다. 하지만 희미한 빛을 남기며 천천히 가라앉을 뿐이었다. 노인은 몸을 돌려 만새기 살점 두 조각 사이에 날치 두 마리를 끼워 놓고 칼을 칼집에 꽂은 뒤 뱃머리 쪽으로 천천히 돌아갔다. 등에 멘 낚싯줄의 무게 때문에 웅크린 자세였고, 오른손에는 고기가 들려 있었다.

뱃머리 쪽으로 돌아온 노인은 판자 위에 생선 살 두 점을 내려 놓고 그 옆에 날치도 놓았다. 그러고는 어깨에 메고 있던 낚싯줄의 위치를 옮기고 뱃전에 올려놓았던 왼손으로 다시 그 줄을 움켜쥐었다. 노인은 뱃전에 몸을 기댄 채 팔을 뻗어 날치를 씻으면서 동시에 물의 속도를 가늠했다. 물고기 껍질을 벗긴 손은 인광을 뿜었고, 노인은 손에 닿는 물의 흐름을 살폈다. 물살은 약해졌고, 손의 옆면을 뱃전 널빤지에 문지르자 인광 조각이 떨어져 배 뒤쪽으로 천천히 떠내려갔다.

"저놈은 지쳤거나 쉬고 있는 거야." 노인이 말했다. "그럼 나도 이 만새기를 먹고 좀 쉬면서 잠을 청해야겠군."

별빛 아래에서 차가워진 밤공기를 느끼며 노인은 만새기 살점을 절반 먹고, 내장과 대가리를 떼어 버린 날치 한 마리를 먹었다.

"요리해서 먹으면 만새기도 꽤 맛있는 생선인데." 노인이 말했다. "날로 먹으면 끔찍하단 말이야. 앞으로는 배를 탈 때 소금이나 라임을 꼭 챙겨야겠어."

조금만 머리를 썼더라면 바닷물을 뱃머리 널빤지에 뿌려 놓고 말려서 소금을 만들 수도 있었어. 노인은 생각했다. 하지만 만새기를 낚았을 때는 벌써 해 질 녘이었지. 그래도 준비가 부족했던 건 사실이야. 어쨌거나 꼭꼭 씹으니까 메스껍진 않네.

동쪽 하늘로 구름이 모이고 있었고 노인이 잘 아는 별들은 하나둘 자취를 감췄다. 마치 거대한 구름의 골짜기로 빨려 들어가는 것 같았다. 바람도 멎었다.

"사나흘 뒤에는 날씨가 나빠지겠어." 노인이 말했다. "하지만 오늘 밤과 내일은 괜찮을 거야. 자, 늙은이, 고기가 얌전히 있는 동안 한숨 잘 준비나 해."

노인은 오른손으로 줄을 단단히 쥐고 그 위를 허벅지로 힘껏 누르며 온몸의 무게를 뱃머리의 판자에 실었다. 그러고는 어깨에 멘 줄을 조금 아래로 낮추고 왼손을 버팀대로 이용했다.

이렇게 받치고 있으면 오른손이 버틸 수 있을 거야. 노인은 생각했다. 잠든 사이에 줄이 느슨해져도 줄이 풀려나가면서 왼손이 나를 깨울 거야. 오른손은 고생하겠지. 하지만 오른손은 혹사당하는 데에 익숙해졌어. 이삼십 분만 눈을 붙일 수 있으면 좋을 텐데. 노인은 몸 전체의 무게로 오른손을 누르며 잔뜩 웅크린 채 잠이 들었다.

노인은 사자 꿈을 꾸지 않았다. 대신 십삼 킬로미터에서 십육 킬로미터에 걸쳐 늘어선 돌고래 무리를 보았다. 한창 짝짓기를 하는 시기여서 돌고래들은 공중으로 높이 뛰어올랐다가, 뛰어오르면서 생겨난 수면의 구멍 속으로 다시 떨어지곤 했다.

이어서 노인은 자신의 침대에 누워 있는 꿈을 꾸었다. 북풍이 불어서 무척 추웠고, 베개 대신 팔을 베고 자서 오른팔이 저렸다.

그다음에는 길게 뻗은 노란 해변이 나오는 꿈을 꾸기 시작했는데, 초저녁에 사자 한 마리가 바닷가로 내려오자 다른 사자들이 뒤따라 내려왔다. 노인은 뱃머리 쪽 널빤지에 턱을 괴고 있었고, 배는 육지에서 불어오는 저녁 미풍을 받으며 닻을 내리고 있었다. 노인은 더 많은 사자가 나타나지 않으려나 하고 기다렸고, 무척이나 행복했다.

달이 뜬 지 꽤 오래되었지만 노인은 계속 잠을 자고 있었다. 고기는 꾸준히 낚싯줄을 끌며 나아갔고 배는 구름의 터널 속으로 들어가고 있었다.

노인은 오른 주먹이 얼굴을 치는 바람에 잠에서 깼다. 줄이 풀려나가자 오른 손바닥이 타들어 가는 듯했다. 왼손에는 아무런 감각이 없었다. 오른손으로 있는 힘을 다해 줄이 풀리는 것을 멈추려 했지만 줄은 빠르게 풀려나갔다. 마침내 왼손도 줄을 찾았다. 노인은 몸을 뒤로 젖히며 줄의 힘을 버텨봤지만 이제는 등과 왼손이 뜨거워졌다. 왼손으로 온전히 무게가 옮겨 가자 심하게 상처가 났다. 노인은 몸을 돌려 감아 놓은 예비 줄을 봤는데, 그 줄 역시 술술 풀려나가고 있었다. 바로 그때 바다가 폭발하듯 고기가 뛰어오르더니 무겁게 떨어졌다. 고기는 연이어 뛰어올랐고, 줄은 계속해서 빠르게 풀려나갔으며, 배는 여전히 빠른 속도로 나아갔다. 줄이 풀리면 끊어지기 직전까지 잡아당겼고, 또 풀리면 또 당기기를 반복했다. 그러다가 노인은 뱃머리 쪽으로 바싹 끌려갔고, 잘라 놓은 만새기 살점에 얼굴이 파묻힌 채 꼼짝할 수 없게 됐다.

우린 이걸 기다렸던 거야. 노인은 생각했다. 그러니 이제 받아들여야 해.

저놈한테 낚싯줄 값을 치르게 해야겠어. 노인은 생각했다. 그래, 값을 치르게 해야지.

고기가 뛰어오르는 모습은 보이지 않았지만 바다가 갈라지는 소리와 고기가 세차게 떨어지는 소리는 들려왔다. 낚싯줄이 너무나도 빨리 풀려나가는 바람에 손에 심한 상처가 났지만 이런 일이 일어나리란 것쯤은 늘 알고 있었다. 노인은 굳은살에만 줄이 쓸리도록 하며 더는 손바닥을 파고들거나 손가락이 베지 않도록 애썼다.

그 아이가 여기 있었으면 감아 둔 낚싯줄에 물을 축여 줬을 텐데. 노인은 생각했다. 그래, 그 아이가 여기 있었으면. 그 아이가 여기 있었으면.

낚싯줄은 풀리고 풀리고 또 풀려나갔지만 이제는 그 속도가 줄어들고 있었다. 늘어난 줄의 길이만큼 고기가 감당해야 할 부담도 늘어나고 있었다. 그제야 노인은 널빤지로부터, 뺨으로 짓누른 생선 살점으로부터 얼굴을 들 수 있었다. 그리고 무릎을 꿇고 천천히 일어섰다. 계속해서 줄을 풀어 주고 있었지만 속도는 점점 늦췄다. 노인은 눈으로 볼 수 없는 낚싯줄을 발로 더듬어 느낄 수 있는 자리로 돌아갔다. 아직 줄은 넉넉히 있었고, 이제 고기는 새로 풀려나간 낚싯줄의 저항까지 견디며 끌어야만 했다.

그렇지. 노인은 생각했다. 저놈은 이제 열두 번이 넘도록 물 위로 뛰어오르면서 등줄기를 따라 난 공기주머니에 공기를 가득 채웠어. 그러니 내가 끌어올릴 수 없는 깊은 곳까지 가라앉아 죽지는 않을 거야. 곧 있으면 빙글빙글 원을 그리며 돌 테니 그때 손을 쓰자. 그런데 왜 그렇게 갑자기 뛰어올랐을까? 배가 고파서 발악하는 걸까? 아니면 밤중에 무언가에 겁을 먹은 걸까? 어쩌면 갑자기 무서워졌는지도 몰라. 하지만 그렇게도 침착하고 힘센 녀석이었는데. 겁도 없고 자신만만해 보였는데. 참 이상한 일이네.

"너나 겁먹지 말고 자신감을 가지는 게 좋겠어, 이 늙은이야." 노인이 말했다. "다시 주도권을 가져오긴 했지만 여전히 줄을 당길 수는 없잖아. 하지만 녀석은 곧 빙글빙글 원을 그리며 돌 거야."

노인은 왼손과 양쪽 어깨로 줄을 고정하고 엎드려서 오른손으로는 바닷물을 떠 얼굴에 달라붙은 만새기 살점을 씻어 냈다. 혹시라도 그것 때문에 구역질이 나서 힘이 빠질까 봐 걱정되었기 때문이다. 얼굴을 씻고 난 뒤에는 뱃전 너머로 오른팔을 뻗어 손을 헹구고 그대로 소금물에 담가 놓았다. 해가 뜨기 전 먼동이 트는 광경이 보였다. 저놈이 거의 동쪽을 향해 가고 있구나, 하고 노인은 생각했다. 놈이 지쳐서 해류를 타고 가고 있다는 뜻이야. 이제 곧 빙글빙글 돌 수밖에 없을 테지. 그때부터 우리의 진짜 싸움이 시작된다.

오른손을 충분히 오랫동안 물속에 담그고 있었다고 여겨지자 노인은 손을 꺼내어 살펴봤다.

"별거 아니네." 노인이 말했다. "사나이에게 이깟 고통 따위 아무것도 아니지."

노인은 새로 생긴 상처에 낚싯줄이 닿지 않도록 조심해서 줄을 쥐고 몸의 중심을 옮겼다. 반대쪽 뱃전 너머 바닷물에 왼손을 담그기 위해서였다.

"네가 쓸모없는 짓을 하느라 다친 건 아니야." 노인이 왼손에게 말했다. "그런데 너를 찾을 수 없어서 애먹은 순간도 있었어."

왜 나는 두 손 다 잘 쓰게 태어나지 못했을까? 노인은 생각했다. 이쪽 손을 잘 훈련하지 못한 내 잘못이겠지. 그래도 왼손에게는 배울 기회가 얼마든지 있었어. 하지만 간밤에 그렇게 형편없게 군 건 아니야. 쥐도 한 번밖에 나지 않았지. 만약 또 쥐가 난다면 이 녀석은 낚싯줄에 끊기도록 그냥 놔둘 거야.

그런 생각을 하며 노인은 자신의 머리가 그다지 맑지 않음을 깨달았다. 그래서 만새기를 좀 더 씹어 먹어야겠다고 생각했다. 하지만 저건 못 먹겠어. 노인은 혼잣말했다. 구역질해서 기운이 빠지는 것보다는 머리가 멍한 쪽이 나아. 게다가 저 살점에 얼굴까지 처박았으니 먹어 봤자 토할 게 뻔해. 상하기 전까지 비상용으로 둬야지. 이제 영양분을 섭취해서 힘을 내기에는 너무 늦었어. 멍청하긴. 노인은 혼잣말을 했다. 한 마리 남은 날치를 먹으면 되잖아.

날치는 언제든지 먹을 수 있도록 깨끗하게 손질되어 있었다. 노인은 왼손으로 날치를 집어 입에 넣고는 뼈를 조심스럽게 씹으며 꼬리까지 먹어 치웠다.

날치는 웬만한 생선보다도 양분이 많아. 노인은 생각했다. 적어도 지금 필요한 힘을 얻기에는 충분할 거야. 이제 내가 할 수 있는 일은 다 한 셈이로군. 노인은 생각했다. 어디 빙빙 돌아 봐. 싸움을 시작해 보자.

노인이 바다로 나온 이후 해가 세 번째로 솟아오를 무렵 고기가 빙글빙글 돌기 시작했다.

하지만 낚싯줄의 기울기만 봐서는 고기가 돌고 있는지 알 수 없었다. 그러기엔 아직 일렀다. 다만 줄을 끄는 힘이 조금 약해지자 노인은 오른손으로 천천히 줄을 당기기 시작했다. 늘 그랬듯 줄은 팽팽해졌지만, 끊어질 지경에 이르자 도리어 당겨지기 시작했다. 노인은 양쪽 어깨와 머리를 줄 밑으로 빼내고는 같은 속도로 부드럽게 잡아당기기 시작했고, 두 손을 앞뒤로 휘두르듯 움직이며 몸과 두 다리의 힘을 최대한 활용했다. 노쇠한 다리와 어깨는 휘두르듯 줄을 끌어당길 때 회전축 역할을 했다.

"엄청나게 큰 원이야." 노인이 말했다. "녀석이 돌고 있어."

이제 줄은 당겨지지 않았다. 줄에서 튕겨 나간 물방울이 아침 햇살에 반짝여 보일 때까지 노인은 줄을 잡고 버텼다. 다시 줄이 풀려나가기 시작하자 노인은 무릎을 꿇은 채 아쉬워하며 컴컴한 물속으로 줄이 끌려가도록 내버려 뒀다.

"지금 저놈은 원에서 가장 먼 바깥쪽을 돌고 있구나." 노인이 말했다. 있는 힘을 다해 줄을 잡고 있어야 해. 노인은 생각했다.

당기고 있으면 한 바퀴 돌 때마다 원이 작아질 거야. 한 시간 후에는 저놈을 보게 될지도 몰라. 이제는 소용없다는 걸 알려 주고 죽여 버려야 해.

그러나 고기는 계속해서 천천히 돌았다. 두 시간 뒤 노인은 온몸이 땀으로 젖었고 뼛속까지 지쳐 버렸다. 그렇지만 고기가 그리는 원은 훨씬 작아지고, 낚싯줄의 기울기로 보아 고기가 헤엄치며 꾸준히 위로 올라오고 있음을 알 수 있었다.

한 시간 전부터 노인의 눈앞에는 검은 반점이 어른거렸고, 이마에 난 상처와 눈에는 땀이 들어가 따가웠다. 눈앞에 검은 반점이 보인다고 해서 겁이 나지는 않았다. 줄을 힘껏 당기면 늘 있는 현상이기 때문이다. 하지만 벌써 두 번이나 눈앞이 아찔하며 현기증을 느낀 터라 걱정이 됐다.

"이런 고기에게 패배하고 죽을 수는 없지." 노인이 말했다. "놈이 저토록 아름답게 올라오고 있는데, 주님, 제발 제가 견딜 수 있도록 해 주소서. 주기도문을 백 번 외우고 성모송도 백 번 외우겠습니다. 지금은 할 수가 없지만요."

지금은 그냥 외운 것으로 해 두자. 노인은 생각했다. 나중에 꼭 외울 테니까.

바로 그때 두 손으로 잡고 있던 줄이 낚아채듯 팽팽하게 당겨졌다. 날카롭고 강렬하면서도 묵직한 느낌이었다.

지금 창 같은 주둥이로 철사 목줄을 치고 있군. 노인은 생각했다. 예상했던 일이야. 그럴 수밖에 없었겠지. 하지만 저것 때문에 뛰어오를지도 몰라. 지금으로서는 빙빙 도는 게 나을 텐데. 공기를 마시려면 뛰어올라야 하겠지. 하지만 뛰어오를 때마다 낚싯바늘에 걸린 상처가 벌어져서 바늘이 빠져 버릴 수도 있어.

"뛰지 마라, 고기야." 노인이 말했다. "뛰지 마."

고기는 몇 번 더 철사 목줄을 들이받았고, 고기가 대가리를 흔들 때마다 노인은 줄을 조금씩 풀어 주었다.

저놈의 고통을 지금 정도로 유지해야 해. 노인은 생각했다. 내 고통은 문제가 아니야. 나는 고통을 다스릴 수 있으니까. 하지만 고통이 계속되면 저놈은 미쳐 버릴 거야.

잠시 후 고기는 목줄을 들이받는 걸 멈추고 다시 원을 그리며 천천히 맴돌기 시작했다. 노인은 꾸준히 줄을 끌어들였다. 그런데 또다시 현기증이 났다. 노인은 왼손으로 바닷물을 퍼서 머리를 적셨다. 그러고는 좀 더 떠서 목덜미를 문질렀다.

"쥐는 안 나네." 노인이 말했다. "저놈은 곧 올라올 거고, 나는 견딜 수 있어. 아니, 견뎌야만 해. 말할 것도 없지."

노인은 뱃머리에 기대어 무릎을 꿇고, 일단은 줄을 다시 등에 걸쳤다. 저놈이 멀리서 돌고 있는 동안은 나도 쉬어야겠다. 그러다가 가까이 오면 일어나서 싸워야지. 노인은 결심했다.

뱃머리 쪽에서 쉬면서 줄을 감아 들이지 않고 고기가 혼자서 한 바퀴 돌도록 내버려 두고 싶은 유혹이 밀려왔다. 하지만 줄을 당기는 힘으로 미루어 볼 때 고기가 원을 돌아 배를 향해 다가온다는 것을 알 수 있었다. 노인은 벌떡 일어나 허리를 회전축 삼아 베를 짜듯 몸을 움직여 고기가 끌고 간 줄을 감아 들이기 시작했다.

이렇게 피곤한 건 처음이군. 노인은 생각했다. 이제 무역풍이 불어오는구나. 고기를 끌어들이기에는 유리하지. 나에게는 저 바람이 너무나도 절실해.

"저놈이 다음 한 바퀴를 돌면서 멀어질 때 쉬어야겠다." 노인이 말했다. "기분이 한결 나아졌어. 두세 바퀴 더 돌고 나면 잡을 수 있을 거야."

노인의 밀짚모자는 뒤통수에 걸려 있었다. 고기가 도는 게 느껴지는 순간 노인은 다시 줄에 끌려 뱃머리 쪽에 주저앉았다.

돌아라, 고기야. 노인은 생각했다. 네가 돌아올 때 잡을 테니까.

물결이 꽤 높아졌다. 그러나 날씨가 좋을 때 부는 미풍이었고, 항구로 돌아가려면 꼭 필요한 바람이었다.

"남서쪽으로 가면 그만이야." 노인이 말했다. "사람은 바다에서 길을 잃지 않아. 게다가 쿠바는 길쭉한 섬이니까."

노인이 고기의 모습을 본 건 고기가 세 바퀴째 원을 돌 때였다.

처음에는 시커먼 그림자로만 보였는데 그 길이를 믿기 힘들 정도로 한참 동안 배 밑을 지나갔다.

"아니야." 노인이 말했다. "저렇게 클 리가 없어."

그러나 고기는 정말로 그만큼 컸다. 한 바퀴를 다 돌고 난 고기는 배로부터 이 미터 반 떨어진 곳에서 떠올랐고, 노인은 물 밖으로 나온 고기의 꼬리를 보았다. 검푸른 물 위로 올라온 꼬리는 커다란 낫보다 더 길었고 연보랏빛을 띠었다. 꼬리는 뒤로 비스듬히 기울어 있었는데, 고기가 수면 바로 아래를 헤엄쳐 갈 때 노인은 그 거대한 몸뚱이와 띠를 두른 듯한 자줏빛 줄무늬를 볼 수 있었다. 등지느러미는 아래로 늘어져 있었고 커다란 가슴지느러미는 넓게 펼쳐져 있었다.

이번 회전에서야 노인은 고기의 눈을 볼 수 있었고, 청새치 주위를 헤엄치는 회색 빨판상어 두 마리도 볼 수 있었다. 상어는 고기에게 가까이 붙었다가 떨어지기를 반복했고, 때로는 큰 고기의 그늘에서 유유히 헤엄치기도 했다. 두 마리 모두 일 미터 가까이 되어 보였고, 빠르게 헤엄칠 때는 뱀장어처럼 온몸을 세게 흔들었다.

노인은 땀을 흘리고 있었는데 단지 햇볕 때문만은 아니었다. 고기가 침착하고 온화하게 원을 돌 때마다 노인은 줄을 당기며 이제 두 번만 더 돌면 작살을 꽂을 기회가 오리라고 확신했다.

하지만 저놈을 가까이, 가까이, 아주 가까이 끌어와야 해. 노인은 생각했다. 머리에 작살을 꽂으려고 해선 안 돼. 심장을 노려야지.

"침착해. 그리고 힘내, 늙은이." 노인이 말했다.

다음 바퀴를 돌 때 고기의 등이 물 밖으로 솟아올랐지만 아직 배와의 거리는 조금 멀었다. 그다음 바퀴 때도 마찬가지로 거리가 멀었지만 아까보다는 몸을 훨씬 더 많이 드러냈다. 노인은 줄을 조금만 더 끌어당기면 고기를 배 옆까지 오게 할 수 있다고 확신했다.

노인은 한참 전부터 작살을 준비해 두었다. 작살에 달린 가벼운 밧줄은 둘둘 감아 둥근 광주리에 담아 두었고, 그 끝은 뱃머리의 말뚝에 단단히 매어 놓았다.

고기는 차분하고 아름다운 모습으로 원을 그리며 가까이 다가왔다. 움직이는 것은 오직 꼬리뿐이었다. 노인은 고기를 배 가까이 당기기 위해 안간힘을 썼다. 고기는 아주 잠깐 기우뚱하며 배를 드러내더니, 이내 몸을 바로 하고 다시 한 바퀴를 돌기 시작했다.

"내가 저놈을 움직이게 했어." 노인이 말했다. "내가 움직이게 한 거야."

노인은 또다시 현기증이 났지만 온 힘을 다해서 거대한 고기를 붙잡고 늘어졌다. 내가 저놈을 움직였어. 노인은 생각했다. 어쩌면 이번에는 끝장낼 수 있을지도 몰라. 손아, 당겨라. 노인은 생각했다. 다리야, 버텨라. 나를 위해 견뎌라, 머리야. 견뎌라. 여태껏 정신을 잃은 적은 없었잖아. 이번에는 반드시 저놈을 끌어당기고 말 테다.

노인은 고기가 배 옆을 지나가기 한참 전부터 준비하다가 온 힘을 다해 당겨 봤지만 고기는 약간 뒤뚱거리더니 이내 몸을 바로 세우고 헤엄쳐 달아났다.

"고기야." 노인이 말했다. "고기야, 너는 어차피 죽어야 해. 그렇다고 나까지 꼭 죽여야겠니?"

그렇게 되면 아무 소용 없어. 노인은 생각했다. 입이 바짝 말라서 목소리가 제대로 나오지 않았다. 이제는 팔을 뻗어 물병을 잡을 수도 없었다. 이번에는 반드시 뱃전으로 끌어와야 해. 노인은 생각했다. 계속 저렇게 돈다면 내가 버티지 못할 거야. 아냐, 버틸 수 있어. 노인이 스스로에게 말했다. 넌 언제까지고 괜찮을 거야.

고기가 다음 한 바퀴를 돌 때 노인은 거의 고기를 잡을 뻔했다. 하지만 이번에도 고기는 몸을 곧게 세우고 천천히 헤엄치며 멀어졌다.

네가 나를 죽이는구나, 고기야. 노인은 생각했다. 하지만 네겐 그럴 권리가 있지. 너처럼 크고 아름다우며 침착하고 품위 있는 고기를 본 적이 없구나, 내 형제야. 자, 어서 와서 날 죽여라, 누가 누구를 죽이든 난 상관없다.

이제 정신이 흐려져 가는구나. 노인은 생각했다. 정신 차려야지. 정신 차리고 인간답게 고통을 견디는 법을 생각하자. 인간답게, 아니면 물고기처럼. 노인은 생각했다.

"정신 차려라, 머리야." 노인은 자신의 귀에도 겨우 들릴 정도의 목소리로 말했다. "정신 차려."

고기는 두 바퀴를 더 돌았지만 달라진 것은 없었다.

모르겠다. 노인은 생각했다. 고기가 한 바퀴 돌 때마다 기절할 듯한 기분이 들었다. 나도 모르겠다. 하지만 한 번만 더 해 보자.

노인은 다시 한번 시도해 보았다. 고기를 돌려놓은 순간 의식이 빠져나가는 듯했다. 고기는 또다시 몸을 바로잡고 커다란 꼬리를 허공에 흔들며 헤엄쳐 달아났다.

한 번 더 해 보자. 노인은 다짐했다. 두 손은 흐물거렸고 눈앞에는 섬광이 번쩍였다.

다시 시도해 봐도 마찬가지였다. 그렇다면. 노인은 생각했다. 몸을 움직이기도 전에 의식이 희미해졌다. 한 번 더 해 보자.

노인은 모든 통증과 마지막 남은 힘, 오래전에 사라진 긍지를 총동원해 고기에게 맞섰다. 고기는 천천히 옆으로 헤엄쳐 노인 곁으로 다가왔다. 주둥이가 뱃전에 닿을 듯 말 듯 하며 배를 지나치기 시작했다. 은빛에 자줏빛 줄무늬가 있는 고기의 몸통은 길고 두껍고 넓었으며, 물속에서 끝없이 지나가는 것처럼 보였다.

노인은 낚싯줄을 떨어뜨려 발로 밟고는 작살을 최대한 높이 치켜들었다가 있는 힘을 다해, 아니 그 이상의 힘을 끌어올려 자신의 가슴 높이까지 올라온 고기의 가슴지느러미 바로 뒤쪽 옆구리에 내리꽂았다. 노인은 쇠가 고기의 살 속으로 파고드는 것을 느끼며, 작살에 몸을 기대고는 온몸의 무게를 실어서 밀어 넣었다.

고기는 몸속 깊이 죽음을 맞이했음에도 살아 날뛰었다. 물 위로 높이 올라오자 어마어마한 길이와 너비 그리고 힘과 아름다움이 아낌없이 드러났다. 배를 타고 있는 노인보다 더 높이 솟아오른 듯했다. 이윽고 고기는 수면으로 철썩 떨어졌고 이로 인해 일어난 물보라가 노인과 배 위에 쏟아져 내렸다.

노인은 의식이 흐릿해지고 구역질이 나며 앞이 잘 보이지 않았다. 그런데도 생살이 드러난 두 손으로 작살의 밧줄을 붙잡고는 천천히 풀어 주었다. 다시 앞이 보이기 시작했을 때 은빛 배를 드러낸 채 뒤집혀 있는 고기가 시야에 들어왔다. 작살 자루가 고기의 어깨에 비스듬히 꽂혀 있었고, 심장에서 쏟아져 나온 피로 바다가 붉게 물들고 있었다. 처음에는 검푸른 물속 일 킬로미터 반이 넘는 깊이에 있는 고기 떼처럼 시커멓게 보이더니 이내 구름처럼 퍼져 나갔다. 은빛으로 빛나는 고기의 몸뚱이는 조용히 물결 위에 떠 있었다.

노인은 흐릿해진 두 눈으로 가만히 바라보았다. 곧이어 작살의 밧줄을 뱃머리 쪽 말뚝에 두 번 감아 놓고는 두 손으로 머리를 감쌌다.

"정신 차리자." 뱃머리 쪽 널빤지에 기대며 노인이 말했다. "나는 지친 늙은이야. 하지만 나는 내 형제인 이 고기를 죽였고, 이제 노예처럼 고되게 일해야 해."

이제 고기를 뱃전에 묶을 수 있도록 올가미와 밧줄을 준비해야지. 노인은 생각했다. 사람이 한 명 더 있어서 저놈을 실어 올린다고 해도 이 배는 견디지 못할 거야. 차오르는 물을 퍼내도 소용없을 테고. 모든 준비를 마친 뒤 저놈을 배에 잘 붙들어 매고 돛을 올려서 집으로 돌아가야겠다.

노인은 뱃전으로 고기를 끌어당겼다. 아가미에서 아가리로 밧줄을 꿰어 대가리를 뱃머리 옆에 붙들어 매기 위해서였다. 이놈을 보고 싶다. 노인은 생각했다. 만지고 느끼고 싶다. 나에게 이 녀석은 행운이야. 하지만 꼭 그래서 만져 보고 싶은 건 아니야. 조금 전에 녀석의 심장을 느낀 것 같아. 노인은 생각했다. 작살을 두 번째로 밀어 넣었을 때였지. 이제 이놈을 바짝 당겨서 꼬리와 배에 올가미를 하나씩 씌우고 배에 단단히 붙들어 매야겠다.

"이제 일을 해, 늙은이." 노인이 말하고는 물을 조금 마셨다. "싸움이 끝났으니 이제 뼈 빠지게 일할 차례군."

노인은 하늘을 쳐다보고는 다시 고기를 봤다. 그런 다음 조심스럽게 해를 쳐다봤다. 정오가 지난 지 얼마 안 됐네. 노인은 생각했다. 무역풍이 불어오고 있어. 이제 낚싯줄은 아무래도 상관없다. 집에 가서 그 아이와 함께 다시 꼬아 이으면 되니까.

"이리 와라, 고기야." 노인이 말했다. 하지만 고기는 오지 않았다. 오기는커녕 벌렁 누운 채로 물 위에 둥둥 떠 있어서 노인이 배를 저어 고기 쪽으로 가야 했다.

고기 옆으로 다가가 대가리를 뱃머리에 붙들어 맬 때, 노인은 그 크기를 도저히 믿을 수 없었다. 그러나 우선 작살 밧줄을 말뚝에서 풀어 그 끝을 고기의 아가미로 넣어 턱으로 빼내고, 칼처럼 뾰족한 주둥이를 한번 감았다. 그런 다음 다른 쪽 아가미에 꿴 뒤, 주둥이에 한 번 더 감고 뱃머리 쪽 말뚝에 단단히 묶었다. 그러고서 노인은 꼬리를 매기 위해 밧줄을 끊어 들고 배꼬리 쪽으로 갔다. 원래 자줏빛과 은빛을 띠던 고기의 몸통은 이제 온전히 은빛으로 변해 있었고, 줄무늬는 꼬리와 같은 색인 엷은 보랏빛을 띠었다. 줄무늬의 폭은 손가락을 펼친 사람의 손 너비와 비슷했고, 고기의 눈은 잠망경의 거울이나 행렬 속 성인상의 눈처럼 무심해 보였다.

"고기를 죽이려면 그 방법밖에 없었어." 노인이 말했다. 물을 마시고 나니 기분이 나아졌다. 기절할 것 같지도 않았고 머리도 맑아졌다. 저 정도면 칠백 킬로그램은 될 것 같군. 노인은 생각했다. 훨씬 더 나갈지도 모르겠어. 내장을 빼내면 삼 분의 이가 남을 텐데, 사백오십 그램에 삼십 센트씩 받는다면?

"계산하려면 연필이 필요해." 노인이 말했다. "지금은 머리가 맑지 않아. 하지만 위대한 디마지오 선수도 오늘 내가 한 일을 알았다면 칭찬해 줄 거야. 난 발뒤꿈치 통증은 없지만 손이랑 등은 정말로 아팠거든." 발뒤꿈치에 생기는 뼈돌기라는 건 도대체 어떤 걸까? 노인은 생각했다. 어쩌면 인지하지 못했을 뿐이지 다들 그런 게 있을지도 몰라.

노인은 고기를 뱃머리와 배꼬리, 배 가운데에 있는 가로대에 단단히 옭아맸다. 고기가 어찌나 큰지 훨씬 큰 조각배 한 척을 나란히 이어 놓은 듯했다. 노인은 줄을 한 가닥 끊어 고기의 아래턱을 주둥이에 잡아맸다. 입이 벌어지지 않으면 그나마 순조롭게 항해할 수 있기 때문이다. 그러고는 돛대를 세우고 갈고리대와 활대를 장착한 뒤 누덕누덕 기운 돛을 팽팽하게 펴자 배가 움직이기 시작했다. 노인은 뱃머리 쪽에 반쯤 누운 채 남서쪽으로 배를 몰았다.

나침판이 없어도 어느 쪽이 남서쪽인지 알 수 있었다. 몸에 닿은 무역풍의 감촉과 돛이 펴진 모습만으로도 충분했다. 짧은 낚싯줄에 숟가락이라도 달아서(오늘날에도 숟가락 모양의 가짜 미끼를 달아 고기를 낚기도 하는데 당시에는 진짜 숟가락을 잘라 구멍을 뚫어 사용했다.—옮긴이) 뭐든 잡아 배를 채우고 목도 축여야겠어. 하지만 노인은 숟가락 미끼를 찾을 수 없었고, 잡아 놓은 정어리는 상해 버렸다. 하는 수 없이 물 위에 떠 있는 노란 모자반류 해초를 갈고리대로 건진 다음 뱃바닥에 털어서 그 속에 있는 잔새우가 떨어지게 했다. 작은 새우 열두어 마리가 모래벼룩처럼 팔딱팔딱 뛰었다. 노인은 엄지손가락과 집게손가락으로 새우 대가리를 뜯어내고 껍질과 꼬리까지 통째로 씹어 먹었다. 무척이나 작지만 영양이 풍부하고 맛도 좋다는 것을 노인은 잘 알고 있었다.

물병에는 물이 두 모금쯤 남아 있었는데, 노인은 새우를 먹고 나서 반 모금을 마셨다. 배는 무거운 짐을 매단 것치고는 잘 달렸고, 노인은 키 손잡이를 겨드랑이에 끼우고 방향을 잡았다. 앉은 자리에서 고기도 잘 보였다. 자신의 손을 바라보고 고물에 기댄 감촉을 느끼고서야 노인은 지금 꿈을 꾸고 있는 게 아니라 현실이라는 것을 알 수 있었다. 고기와의 싸움이 끝나 갈 무렵에는 너무나도 괴로워 꿈을 꾸고 있는 게 아닐까 하고 생각했었다. 고기가 물 위로 뛰어올랐다가 떨어지기 직전 정지된 채 떠 있는 모습을 봤을 때는 참으로 기이한 광경이라고 생각했고, 도저히 현실이라고 믿을 수가 없었다. 지금은 그전처럼 잘 보이지만 그때는 눈도 잘 보이지 않았다.

이제 노인은 고기가 실제로 존재한다는 것도, 손과 등이 실제로 아프다는 것도 알 수 있었다. 손은 금방 나을 거야. 노인은 생각했다. 피도 잘 닦았으니 소금물이 낫게 해 줄 거야. 만류의 검푸른 물만큼 좋은 약은 없어. 이제 내가 할 일은 머리를 맑게 하는 것뿐이야. 두 손은 할 일을 다 했고 항해도 순조로워. 고기는 입을 꾹 다문 채 꼬리를 위아래로 흔들고, 우리는 형제처럼 함께 가고 있잖아. 그 순간 노인의 머리가 흐려지기 시작했다. 고기가 나를 데려가고 있는 건가, 아니면 내가 고기를 데려가고 있는 건가. 노인은 생각했다. 고기를 뒤에 매달아 끌고 가고 있다면 질문할 필요도 없겠지. 고기가 모든 위엄을 잃은 채 배 위에 실려 있어도 역시 질문할 필요가 없을 테고. 그러나 둘은 나란히 묶인 채 항해하고 있었다. 나를 끌고 가는 쪽이 저놈 마음에 든다면 그런 걸로 해 두자, 하고 노인은 생각했다. 난 단지 저놈보다 꾀가 많을 뿐, 녀석은 나를 해치려 하지도 않았어.

그들은 순조롭게 나아갔고, 노인은 소금물에 손을 담근 채 정신을 맑게 하려고 애썼다. 하늘에 떠 있는 뭉게구름과 그보다 더 위에 떠다니는 새털구름을 보고 노인은 밤새도록 미풍이 불 거라는 걸 알았다. 노인은 모든 게 현실임을 확인하려고 끊임없이 고기를 쳐다봤다. 첫 번째 상어가 공격해 온 것은 그로부터 한 시간 뒤의 일이었다.

상어가 나타난 것은 우연이 아니었다. 먹구름 같은 시커먼 피가 일 킬로미터 반쯤 되는 깊이까지 퍼지자 심연에서 물 위로 올라온 것이다. 상어는 무서운 속도로 거침없이 올라와 푸른 수면을 박차고 햇살에 모습을 드러냈다. 그러고는 다시 물속으로 들어가서 피 냄새를 쫓아 배와 고기가 지나온 길을 따라 헤엄치기 시작했다.

때때로 상어는 냄새를 놓치기도 했다. 그러나 이내 냄새를 찾아냈고, 여의치 않으면 그 흔적이라도 찾아내어 맹렬하게 뒤쫓아 왔다. 덩치가 큰 청상아리였는데, 바다에서 가장 빨리 헤엄칠 수 있는 데다 주둥이를 빼고는 어느 하나 아름답지 않은 곳이 없었다. 등은 황새치처럼 푸른빛에 배는 은빛을 띠었으며 껍질은 매끄러워 보기에도 근사했다. 이 상어는 커다란 주둥이만 빼면 황새치와 거의 똑같았다. 지금처럼 속력을 낼 땐 주둥이를 악물고 높은 등지느러미를 꼿꼿이 세운 채 수면 바로 아래에서 흔들림 없이 칼로 베듯 헤엄쳤다. 굳게 다문 이중으로 된 입술 속에는 이빨 여덟 줄이 안쪽을 향해 비스듬히 박혀 있었다. 이 이빨은 보통 상어의 이빨처럼 피라미드 형태가 아니라 사람의 손가락을 새 발톱처럼 오므렸을 때와 비슷한 모양이었다. 이빨 하나하나가 노인의 손가락 정도의 길이였고, 양쪽 끝은 면도날처럼 날카롭게 날이 서 있었다. 바다에 사는 고기란 고기는 모조리 잡아먹도록 태어났으며, 너무 빠른 데다 강하게 무장하고 있어서 적수라고는 없었다. 이제 좀 더 신선한 피 냄새를 맡은 상어는 푸른 지느러미로 물을 가르며 더욱 속력을 냈다.

노인은 상어가 다가오는 것을 보고 이놈이 두려움을 모르며 하고 싶은 게 있으면 하고야 마는 성격이라는 걸 알았다. 다가오는 상어를 지켜보며 노인은 작살을 준비하고 밧줄을 단단히 묶었다. 밧줄은 고기를 배에 붙들어 맬 때 잘라 썼기 때문에 충분하지 않았다.

이제 노인의 머리는 맑았고 결의도 굳건했지만 희망은 별로 없었다. 오래가기엔 너무 큰 행운이었어. 노인은 생각했다. 상어가 가까이 오는 것을 보며 노인은 큰 고기를 한번 쳐다봤다. 차라리 꿈이었으면. 노인은 생각했다. 나를 공격하는 걸 막을 수는 없겠지만 어쩌면 내가 해치울 수 있을지도 몰라. '덴투소'(Dentuso, 스페인어로 '뾰족한 이빨'을 뜻한다. —옮긴이) 이 후레자식 같으니.

상어는 잽싸게 배꼬리 쪽으로 바싹 붙었다. 상어가 고기를 공격했을 때 노인은 쩍 벌린 아가리와 기묘하게 생긴 두 눈을 보았고, 이빨을 철컥거리며 고기의 꼬리 바로 윗부분의 살점을 물어뜯는 것을 보았다. 상어의 대가리가 물 밖으로 나오고 등도 솟아오르더니 곧이어 큰 고기의 껍질과 살점이 뜯기는 소리가 들렸다. 바로 그때 노인은 상어 대가리에 작살을 찔러 넣었다. 두 눈을 잇는 선과 코에서 등을 잇는 선이 교차하는 지점이었다. 물론 그런 선이 실제로 있을 리는 없었다. 다만 크고 뾰족하고 푸른 대가리와 커다란 눈알과 철컥거리며 뭐든 삼켜 버릴 듯한 돌출된 주둥이가 있을 뿐이었다. 하지만 그곳은 바로 상어의 골이 있는 위치였고, 노인은 바로 그곳을 찌른 것이다. 피투성이가 된 손으로 노인은 있는 힘을 다해 충직한 작살을 내리꽂았다. 희망은 없었지만 단호하면서도 악에 받친 일격이었다.

상어는 한 바퀴 뒹굴었고 노인은 상어의 두 눈에서 생기가 사라진 것을 보았다. 상어는 또 한 번 뒹굴며 저절로 밧줄에 몸이 두 바퀴나 감겨 버렸다. 노인은 상어가 죽었다는 걸 알았지만 상어는 그 사실을 받아들이려 하지 않았다. 배를 드러내고 있던 상어는 꼬리로 물을 후려치고 주둥이를 딱딱거리며 쾌속정처럼 수면을 가르며 나아갔다. 꼬리로 내리친 곳에는 하얀 물보라가 일었고, 밧줄이 팽팽해지며 파르르 떨다가 툭 끊어지자 몸뚱이의 사 분의 삼이 물 밖으로 드러났다. 상어는 잠시 수면 위에 조용히 떠 있었고 노인은 그 모습을 바라봤다. 이윽고 상어는 아주 천천히 가라앉았다.

"이십 킬로그램은 뜯어 갔겠어." 노인이 소리 내어 말했다. 내 작살이랑 밧줄도 모두 가져갔어. 노인은 생각했다. 내 고기가 또다시 피를 흘리고 있으니 다른 놈들이 나타나겠지.

노인은 이제 훼손된 고기를 쳐다보고 싶지 않았다. 고기가 공격 받을 때 노인은 마치 자신이 공격 받는 듯했다.

하지만 나는 내 고기를 공격한 상어를 죽였어. 노인은 생각했다. 그놈은 내가 본 것 중에 가장 큰 덴투소였어. 지금까지 덩치 큰 놈들을 숱하게 봐 왔는데도 말이지.

오래가기엔 너무 큰 행운이었어. 노인은 생각했다. 차라리 꿈이었으면. 저 고기를 잡은 적도 없고, 침대에 신문지를 깔고 혼자 누워 있다면 얼마나 좋을까.

"하지만 인간은 패배하도록 만들어지지 않았어." 노인이 말했다. "인간은 부서질 수는 있어도 패배하지는 않아." 그래도 저 고기를 죽인 건 참 미안한 일이야. 노인은 생각했다. 이제부터 힘들어질 텐데 나에겐 작살조차 없어. 저 상어들은 잔인하고 강인하고 힘이 센 데다 머리도 좋아. 하지만 내가 더 영리했지. 아니지, 어쩌면 그게 아니었는지도 몰라. 노인은 생각했다. 내가 좀 더 나은 무기를 갖고 있었을 뿐인지도 모르지.

"그만 생각해, 늙은이." 노인이 소리 내어 말했다. "이 방향으로 계속 배를 몰다가 일이 닥치면 그때 맞서 싸우자."

하지만 난 생각을 해야만 해. 노인은 생각했다. 남은 거라곤 그것밖에 없으니까. 생각하는 거랑 야구밖에 없어. 위대한 디마지오는 내가 상어의 골통을 내리찍은 걸 봤다면 뭐라고 칭찬했을까? 뭐 그리 대단한 솜씨는 아니지만. 노인은 생각했다. 누구나 할 수 있는 일이잖아. 하지만 내 손이 발뒤꿈치의 뼈돌기처럼 불리한 조건이었을까? 그야 알 수 없지. 발뒤꿈치에 문제가 생겨 본 적이 없으니. 딱 한 번 헤엄치다가 가오리를 밟는 바람에 침에 찔려 아래쪽 다리가 마비돼서 참기 힘들 정도로 아픈 적은 있었지만.

"이왕이면 좀 유쾌한 일을 생각해 봐, 늙은이." 노인이 말했다. "점점 집이 가까워지고 있어. 이십 킬로그램을 잃는 바람에 배도 가볍게 잘 나아가고 있다고."

배가 해류 안쪽으로 들어가면 어떤 일이 일어날지 노인은 잘 알고 있었다. 하지만 지금으로서는 딱히 할 수 있는 게 없었다.

"아니, 방법은 있어." 노인이 소리 내어 말했다. "한쪽 노 손잡이에 칼을 묶어 놓으면 되지."

그래서 노인은 키를 겨드랑이에 끼우고 발로는 돛자락을 밟은 채 그 일을 했다.

"자." 노인이 말했다. "나는 여전히 늙은이야. 하지만 이제 맨손은 아니지."

미풍이 다시 불어왔고 배는 순조롭게 나아갔다. 노인은 고기의 앞부분만을 바라봤다. 그러자 희망이 조금 되살아났다.

희망을 버리는 건 어리석은 일이야. 노인은 생각했다. 그건 죄악이라고 할 수 있지. 죄에 대해서는 생각하지 말자. 지금은 죄 말고도 생각해야 할 문제가 얼마든지 있으니까. 게다가 나는 죄가 뭔지 몰라.

난 죄가 뭔지 전혀 모르는 데다, 그런 게 있다고 믿는지도 잘 모르겠어. 고기를 죽인 건 어쩌면 죄가 될지도 몰라. 내가 먹고살기 위해, 또 여러 사람을 먹이기 위해서였다고 해도 죄가 될 거야. 하지만 그런 식이면 죄가 아닌 게 없겠지. 죄에 대해 생각하지 말자. 그런 생각을 하기에는 너무 늦었고, 또 돈을 받고 대신 그런 고민을 해 주는 사람들도 있으니까. 그 사람들한테 생각하라고 하면 되지. 고기가 고기로 태어난 것처럼 너는 어부로 태어났어. 산 페드로(San Pedro, 성 베드로를 가리키는 스페인어 ―옮긴이)도 위대한 디마지오의 아버지처럼 어부였지.

그러나 노인은 자신과 관련이 있는 온갖 것들에 대해 생각하길 좋아했다. 읽을 것도 없고 라디오도 없었기 때문에 이런저런 생각을 했고, 죄에 대해서도 계속 생각했다. 너는 단지 살기 위해, 혹은 식량으로 팔기 위해 고기를 죽인 건 아니야. 너는 자존

심 때문에, 어부이기 때문에 고기를 죽인 거지. 너는 그 고기가 살아 있을 때도 사랑했고 죽은 뒤에도 사랑했어. 고기를 사랑한 다면 죽이는 건 죄가 아니야. 아니, 오히려 더 큰 죄일까?

"넌 너무 생각이 많아, 이 늙은이야." 노인이 큰 소리로 말했다.

하지만 그 덴투소를 죽일 땐 즐기고 있었잖아. 노인은 생각했다. 그놈은 너처럼 산 고기를 먹고 살아. 그놈은 다른 상어들처럼 썩은 고기를 먹지도 않고 탐욕을 부리지도 않아. 아름답고 고결하며 두려움을 모르는 놈이지.

"내가 그놈을 죽인 건 정당방위였어." 노인이 소리 내어 말했다. "그것도 솜씨 좋게 죽였지."

게다가 세상의 모든 건 어떤 방식으로든 다른 무언가를 죽이고 있어. 고기 잡는 일은 나를 살아 있게 하는 동시에 나를 죽어가게 하지. 그 아이는 나를 살아가게 만들어. 노인은 생각했다. 나 자신을 너무 속여서는 안 돼.

노인은 뱃전 너머로 몸을 기울여 상어가 물어뜯은 고기의 살점을 조금 떼어 냈다. 그리고 그것을 씹으며 생선의 질과 맛을 음미했다. 육지의 고기처럼 단단하고 물기가 많았지만 붉은빛을 띠지는 않았다. 힘줄도 없어서 시장에 팔면 값을 최고로 쳐줄 것 같았다. 하지만 물속으로 퍼져 나가는 피 냄새를 막을 도리는 없었고, 노인은 머지않아 불행이 닥치리라는 것을 알 수 있었다.

미풍은 계속해서 불어왔다. 북동쪽으로 방향이 조금 바뀌었지만 잦아들지 않을 바람이라는 걸 노인은 알고 있었다. 멀리 앞을 내다봤지만 다른 배들의 돛이나 선체는 물론 배에서 피어오르는 연기조차 보이지 않았다. 그저 배꼬리 쪽에서 이리저리 날뛰는 날치와 누런 모자반류 해초 더미만 보일 뿐이었다. 심지어 새 한 마리도 보이지 않았다.

노인은 두 시간 정도를 더 항해했다. 배꼬리 쪽에서 쉬면서 기운을 차리려고 이따금 청새치 살을 뜯어서 씹고 있었다. 바로 그 때 상어 두 마리 중 첫 번째 놈이 모습을 드러냈다.

"아!" 노인이 외쳤다. 이 외마디 비명은 다른 말로 옮길 수 없는 소리지만, 어쩌면 못이 손바닥을 뚫고 나무에 박힐 때 자신의 의지와 상관없이 낼 법한 소리였다.

"갈라노(Galanos, '우아한', '멋진'을 뜻하는 스페인어. 여기에서는 얼룩덜룩한 무늬가 있는 상어를 뜻한다. ─옮긴이)다." 노인이 외쳤다. 첫 번째 상어를 뒤따라오는 두 번째 상어의 지느러미가 보였다. 삼각형의 갈색 지느러미와 휩쓸 듯 지나가는 듯한 꼬리의 움직임으로 보아 코가 삽처럼 생긴 상어임을 알 수 있었다. 상어들은 냄새를 맡고 몹시 흥분했으며, 배가 고파 멍청해졌는지 냄새를 놓쳤다 다시 찾기를 반복했다. 그러면서도 놈들은 계속해서 가까이 다가왔다.

노인은 돛을 팽팽히 하고 키를 단단히 고정한 뒤, 끝에 칼을 묶어 놓은 노를 잡았다. 두 손이 아파서 말을 듣지 않아 될 수 있는 한 살짝 들어올려야 했다. 노인은 손을 풀어 보려고 가볍게 폈다 오므렸다 해 보았다. 그러고는 고통을 받아들이고 움츠러들지 않으려고 두 손을 꽉 쥔 채 상어가 다가오는 것을 지켜봤다. 넓적하고 평평한, 삽처럼 뾰족한 대가리가 보였고, 끝이 희고 넓은 가슴지느러미도 보였다. 놈들은 상어 중에서도 가장 혐오스러운 놈들이었다. 심한 악취가 나는 데다 산 것과 죽은 것을 가리지 않고 먹으며, 굶주렸을 때는 배를 움직이는 노나 키 따위도 마구 물어뜯는다. 바다거북이 잠들어 수면을 떠다닐 때 다리나 지느러미발을 잘라 먹는 것도 바로 이 상어들이다. 이놈들은 배가 고프면 생선의 피 냄새나 비린내가 나지 않더라도 물속에 있는 사람에게 덤벼들곤 한다.

"아!" 노인이 외쳤다. "갈라노 놈들아, 덤벼라!"

상어들이 다가왔다. 하지만 달려드는 모습이 청상아리와는 조금 달랐다. 한 놈이 몸을 뒤집더니 배 밑으로 사라졌다. 노인은 상어가 고기를 물어뜯고 잡아당길 때 배가 흔들리는 것을 느꼈다. 다른 한 놈은 가늘게 찢어진 노란 눈으로 노인을 쳐다보더니 잽싸게 다가와 반원형의 주둥이를 크게 벌리고는 이미 뜯겨 나간 고기의 살을 물어뜯었다. 갈색 대가리와 등에 골과 척추가 만나는 선이 뚜렷이 보이자 노인은 노에 묶어 놓은 칼로 그곳을 찌른 뒤 뽑아냈다. 그러고는 고양이 눈처럼 생긴 노란 눈깔을 찔렀다. 상어는 고기에게서 미끄러지듯 떨어져 나갔고, 죽어 가면서도 물어뜯은 살점을 삼키고 있었다.

또 다른 상어가 고기를 물어뜯고 있어서 배는 여전히 흔들렸다. 노인이 돛 줄을 풀자 배가 한쪽으로 돌며 아래에 있던 상어가 모습을 드러냈다. 상어를 본 노인은 뱃전 너머로 몸을 내밀어 있는 힘껏 내리찍었다. 오직 살만 있는 부위를 찔렀는데도 껍질이 워낙 단단해서 칼이 깊숙이 박히지 않았다. 이 일격으로 노인은 두 손뿐만 아니라 어깨까지 아팠다. 상어는 대가리를 내밀고 빠르게 다가왔다. 노인은 상어가 고기에 코를 박고 있을 때 납작한 대가리 한가운데를 정통으로 찔렀다. 그런 다음 칼을 뽑아 같은 자리를 한 번 더 찔렀다. 상어가 고기를 문 채 매달리자 이번에는 왼쪽 눈을 찔렀다. 그래도 상어는 떨어지지 않았다.

"그래?" 그렇게 말하고 이번에는 척추와 골통 사이에 칼을 박아 넣었다. 이번에는 쉽게 들어갔고 상어의 연골이 갈라지는 게 느껴졌다. 노인은 노를 반대로 고쳐 잡고 칼날을 상어의 주둥이 안에 집어넣고 벌렸다. 칼날을 비틀자 상어가 미끄러지듯 떨어져 나갔다. "가라, 갈라노야. 물속으로 일 킬로미터 넘게 가라앉아라. 가서 네 친구를 만나. 네 어미였는지도 모르겠네."

노인은 칼날을 닦고 노를 내려놓았다. 돛을 팽팽하게 펴자 배가 바람을 머금고 항로를 따라 나아갔다.

"놈들이 고기의 사 분의 일을 뜯어 갔어. 그것도 제일 좋은 부위를." 노인이 소리 내어 말했다. "차라리 꿈이었으면. 처음부터 고기를 잡지 않았으면 좋았을 텐데. 미안하다, 고기야. 모든 게 엉망이 돼 버렸어."

노인은 말을 멈췄다. 이제는 고기를 쳐다보고 싶지 않았다. 피가 빠져나가고 물에 씻긴 고기는 거울의 뒷면처럼 은빛을 띠었는데 줄무늬는 여전히 선명했다.

"이렇게 멀리 나오지 말았어야 했구나, 고기야." 노인이 말했다. "너를 위해서든 나를 위해서든. 미안하다, 고기야."

"이제는." 노인은 자신에게 말했다. "칼이 잘 묶여 있나 살펴보고 끈이 떨어진 데가 없나 봐야지. 제대로 손 쓸 수 있게 해 둬야해. 놈들은 계속해서 올 테니까."

"칼을 갈 숫돌이 있으면 좋을 텐데." 노 손잡이에 칼이 잘 묶여 있는지 확인한 뒤 노인이 말했다. "숫돌을 가져왔어야 했어." 가져왔어야 할 게 많군. 노인은 생각했다. 하지만 안 가져왔잖아, 이 늙은이야. 지금은 갖고 있지 않은 걸 생각할 때가 아니야. 가지고 있는 것들로 뭘 할 수 있는지 생각하라고.

"여러모로 좋은 충고를 해 주는군." 노인이 소리 내어 말했다. "이젠 듣기 싫어."

배가 앞으로 나아가는 동안 노인은 키를 겨드랑이에 낀 채 두 손을 물에 담갔다.

"마지막 놈이 얼마나 뜯어먹었는지 모르겠네." 노인이 말했다. "덕분에 배는 훨씬 가벼워졌어." 노인은 물어뜯긴 고기의 아래쪽

부위에 대해서는 생각하고 싶지 않았다. 상어가 덮칠 때마다 살점이 뜯겨 나갔기 때문에 상어란 상어는 죄다 불러들일 만큼 고속도로처럼 넓은 길을 바다에 만들어 놓았음을 잘 알고 있었다.

이 녀석 한 마리면 한 사람이 한겨울 내내 먹을 수 있을 텐데. 노인은 생각했다. 지금은 그런 생각을 하지 말자. 그저 쉬면서 남은 고기라도 지킬 수 있도록 대비하자. 바다에 온통 피 냄새가 퍼졌을 텐데, 그에 비하면 내 손에서 나는 피비린내쯤은 아무것도 아니겠지. 게다가 내 손에서는 피가 많이 나지도 않아. 걱정할 만큼 큰 상처도 없고. 피를 흘려서 왼손에 쥐가 안 날지도 몰라.

이제 무슨 생각을 하지? 노인은 생각했다. 아무것도 없어. 아무 생각도 하지 말고 다음에 올 놈들이나 기다리자. 정말 꿈이었으면 좋겠구나. 이어서 노인은 생각했다. 하지만 누가 알아? 일이 잘 풀릴지도 모르잖아.

다음에 나타난 상어도 코가 삽처럼 생긴 놈이었다. 여물통에 덤벼드는 돼지처럼 달려들었는데, 사람 머리가 들어갈 정도로 주둥이가 큰 돼지가 있다면 바로 그런 모습이었을 것이다. 노인은 상어가 고기에게 달려들도록 내버려 두었다가 노 끝에 매단 칼로 골통을 내리찍었다. 하지만 상어가 몸통을 뒤집으며 뒤로 휙 물러나는 바람에 칼이 부러지고 말았다.

노인은 배를 몰려고 자리에 앉았다. 상어는 처음에는 실물 크기로 보이다가 점점 작아지더니 나중에는 작은 점이 되며 천천히 가라앉았는데, 노인은 그 모습을 쳐다보지도 않았다. 그런 광경을 늘 흥미롭게 여겼지만 지금은 거들떠보지도 않았다.

"이제 갈고리대가 남았네." 노인이 말했다. "하지만 별로 도움은 안 될 거야. 노가 두 개에 키 손잡이와 짤막한 몽둥이가 한 개 있군."

난 놈들한테 지고 말았구나. 노인은 생각했다. 너무 늙어서 몽둥이로 상어를 때려죽일 수도 없어. 하지만 노와 짧은 몽둥이와 키 손잡이가 있는 한 끝까지 해봐야지.

노인은 다시 두 손을 바닷물에 담갔다. 날은 점점 저물고 있었고 바다와 하늘밖에는 아무것도 보이지 않았다. 아까보다 바람이 더 세게 불고 있어서 노인은 어서 육지가 보이기를 바랐다.

"넌 지쳤어, 늙은이야." 노인이 말했다. "뼛속까지 지쳤다고."

또다시 상어들이 습격한 것은 해가 질 무렵이었다.

노인은 갈색 지느러미들이 다가오는 모습을 보았다. 고기가 물속에 널찍하게 남긴 자취를 따라온 것이 분명했다. 심지어 놈들은 냄새를 쫓아 헤매지도 않고 나란히 헤엄치며 배를 향해 돌진했다.

노인은 키를 고정하고 돛 줄을 단단히 매고는 배꼬리 아래쪽으로 손을 뻗어 몽둥이를 꺼냈다. 부러진 노의 손잡이를 칠십 센티미터 정도의 길이로 잘라 만든 몽둥이였다. 손잡이가 있어서 한 손으로도 쉽게 다룰 수 있었다. 노인은 오른손에 몽둥이를 쥐고 손목을 가볍게 풀며 상어 떼가 다가오는 것을 지켜봤다. 두 마리 모두 갈라노 상어였다.

먼저 오는 놈이 고기를 물어뜯게 내버려 뒀다가 콧등이나 대가리를 치자, 하고 노인은 생각했다.

상어 두 마리는 서로에게 바싹 붙어서 다가왔다. 노인은 자신에게 더 가까이에 있는 놈이 아가리를 벌려 고기의 은빛 옆구리를 물어뜯으려 하자 몽둥이를 높이 치켜들었다가 넓적한 머리통을 힘껏 내리쳤다. 몽둥이가 닿는 순간 단단한 고무 같은 느낌이 전해졌지만, 동시에 단단한 뼈를 때리는 느낌도 들었다. 상어가 고기한테서 미끄러져 나가려 할 때 노인은 다시 한번 콧등을 세게 내리쳤다.

또 한 마리는 다가왔다 멀어지길 반복하더니 이제 입을 크게 벌리고 덤벼들었다. 상어가 고기를 덥석 물자 주둥이 옆으로 허연 살점이 흘러나오는 것이 보였다. 노인은 몽둥이를 휘둘러 그놈의 골통을 후려갈겼다. 상어는 노인을 쳐다보더니 다시 고기의 살을 물어뜯었다. 상어가 그 살점을 삼키려고 빠져나올 때 노인은 한 번 더 몽둥이를 휘둘렀다. 하지만 육중하고 단단한 고무와도 같은 질감만 느껴질 뿐이었다.

"이리 와라, 갈라노야." 노인이 말했다. "또 덤벼 봐."

상어는 잽싸게 덤벼들었고, 노인은 그놈이 주둥이를 다물 때 후려쳤다. 그것도 될 수 있는 대로 몽둥이를 높이 쳐들었다가 내려쳤다. 이번에는 골통 아래쪽 뼈를 때리는 느낌이 전해졌다. 상어가 살점을 물어뜯고 천천히 떨어져 나갈 때 노인은 같은 곳을 또 한 번 후려쳤다.

노인은 상어가 또다시 덤벼들지 않을까 하고 지켜봤지만 두 놈 모두 나타나지 않았다. 그때 한 놈이 수면 위에서 원을 그리며 헤엄치는 것이 보였다. 다른 놈의 지느러미는 보이지 않았다.

놈들을 죽이는 것까진 기대할 수 없어. 노인은 생각했다. 한창 때였으면 죽일 수도 있었겠지. 그래도 두 놈 모두 심하게 다치게 했으니 몸이 성하지 않을 거야. 두 손으로 휘두를 수 있는 방망이가 있었다면 첫 번째 놈은 확실히 죽였을 거야. 이렇게 늙었어도 말이지. 노인은 생각했다.

노인은 고기를 쳐다보고 싶지 않았다. 절반은 뜯겨 나갔음을 알 수 있었다. 노인이 상어 떼와 싸우는 동안 해는 저물었다.

"곧 어두워질 거야." 노인이 말했다. "이제 아바나의 불빛이 보이겠지. 너무 동쪽으로 나왔다면 다른 해안의 불빛이라도 보일 테고."

이제 해안에서 그렇게 멀지 않을 거야. 노인은 생각했다. 사람들이 나 때문에 걱정하지 않았으면 좋겠는데. 물론 그 아이는 걱정하고 있겠지. 하지만 그 아이는 확신하고 있을 거야. 늙은 어부들도 걱정하고 있겠지. 그 밖에도 많은 이가 걱정할 거야. 노인은 생각했다. 난 좋은 마을에 살고 있구나.

이제 노인은 고기에게 말을 걸 수가 없었다. 고기가 너무 심하게 뜯겨 나갔기 때문이다. 문득 어떤 생각이 머리를 스쳤다.

"반쪽짜리 고기야." 노인이 말했다. "한때는 온전한 고기였는데. 미안하다. 내가 너무 멀리까지 나왔어. 내가 우리 둘을 모두 망쳐 버렸어. 하지만 우리는 상어 여러 마리를 죽였어. 그 밖에도 수많은 생명을 해쳤지. 넌 지금까지 몇 마리나 죽였니, 고기야? 아무 이유 없이 머리에 뾰족한 창을 달고 있진 않을 테니까."

이 고기가 자유롭게 헤엄칠 수 있다면 상어를 상대로 어떻게 했을지 노인은 흐뭇한 마음으로 생각해 보았다. 이 녀석의 주둥이를 잘라 내서 그걸 들고 싸울 걸 그랬어. 노인은 생각했다. 그러나 지금은 도끼도 칼도 없었다.

하지만 만약에 연장이 있어서 노의 손잡이에 그걸 묶을 수 있었다면 훌륭한 무기가 됐을 텐데. 그랬더라면 우린 함께 싸울 수 있었을 텐데. 한밤중에 상어가 덤벼들면 어떻게 하지? 뭘 할 수 있냐고?

"싸워야지." 노인이 말했다. "죽을 때까지 싸워야지."

그러나 이제 날이 저문 데다 사방 어디에도 불빛이라고는 없었다. 다만 바람이 불어 돛은 한결같이 팽팽했다. 노인은 자신이 이미 죽은 게 아닐까 하는 느낌마저 들었다. 그래서 두 손을 맞대고 손바닥의 감촉을 느껴 보았다. 손은 죽어 있지 않았고, 단지 손을 폈다 쥐었다 하는 것만으로 살아 있다는 고통을 느낄 수 있었다. 노인은 배꼬리에 등을 기대어 보고 자신이 죽지 않았음을 알았다. 어깨가 그렇게 알려줬기 때문이다.

고기를 잡으면 기도를 하겠다고 약속했는데. 노인은 생각했다. 하지만 지금은 너무 지쳐서 기도문을 외울 수 없어. 부대를 가져다가 어깨를 덮어야겠다.

노인은 배꼬리에 기댄 채 키를 잡고 하늘에 환한 불빛이 비쳐 오기를 기다렸다. 고기는 이제 절반이 남았어. 노인은 생각했다. 잘하면 앞쪽 반만이라도 가져갈 수 있겠구나. 내게도 운이 조금은 따르겠지. 아니, 하고 노인은 생각했다. 너무 멀리 나갔을 때부터 이미 네 행운을 깨트린 거야.

"바보 같은 소리 그만둬." 노인이 소리 내어 말했다. "정신 차리고 배나 똑바로 몰아. 이제부터라도 행운이 따를지 누가 알아."

"행운을 파는 곳이 있다면 조금 사고 싶군." 노인이 말했다.

하지만 뭘 주고 사지? 노인은 자신에게 물었다. 잃어버린 작살과 부러진 칼 그리고 성하지 않은 두 손으로 살 수 있을까?

"가능할 수도 있지." 노인이 말했다. "너는 바다에서 보낸 팔십사 일로 행운을 사려고 했어. 상대도 거의 팔 뻔했고 말이야."

쓸데없는 생각은 그만하자. 노인은 생각했다. 행운은 여러 형태로 찾아오는 법인데 누가 그걸 알아볼 수 있겠어? 하지만 어떤 형태로 오든 간에 요구하는 값을 치르고 살 수 있으면 좋겠구나. 환한 불빛이 나타나면 좋을 텐데. 노인은 생각했다. 난 바라는 게 너무 많아. 그런데 지금 당장 원하는 건 그거야. 노인은 더 편한 자세로 고쳐 앉아 키를 잡았고, 통증 덕에 자신이 죽지 않았음을 알 수 있었다.

밤 열 시쯤 됐다고 느낄 무렵에 도시로부터 반사된 불빛이 보였다. 처음에는 달이 뜨기 전의 하늘처럼 어렴풋이 보였지만 이제는 선명했다. 바람이 점점 거세지며 수면도 거칠게 일렁였다. 노인은 불빛이 환하게 비치는 안쪽을 향해 방향을 돌렸고, 이제 곧 만류의 가장자리에 닿으리라 생각했다.

이제 끝났구나. 노인은 생각했다. 어쩌면 놈들이 또 공격해 올지도 몰라. 하지만 어둠 속에서 무기도 없이 무슨 수로 놈들과 싸우지?

노인은 온몸이 뻐근하고 쑤셨다. 차가운 밤공기까지 더해지니 상처 난 곳뿐만 아니라 무리하게 힘을 쓴 모든 부위가 아팠다. 그만 싸우고 싶군. 노인은 생각했다. 정말로 그만 싸우고 싶어.

그러나 자정에 이르자 노인은 또 싸우게 됐다. 이번에는 의미 없는 싸움이라는 것을 알고 있었다. 상어는 떼를 지어 몰려왔고, 눈에 보이는 것이라고는 지느러미가 수면에 만들어 내는 주름과 놈들이 고기한테 덤벼들 때의 인광뿐이었다. 노인은 몽둥이로 놈들의 대가리를 마구 후려쳤다. 이빨로 마구 물어뜯는 소리가 들렸고, 상어 떼가 배 밑으로 들어가자 배가 흔들리는 것이 느껴졌다. 노인은 육감과 소리에만 의지해 필사적으로 몽둥이를 휘둘렀는데, 무언가 몽둥이를 잡아채는 느낌이 들더니 그것마저 사라져 버렸다.

노인은 키에서 손잡이를 떼어 내 두 손으로 움켜잡고 닥치는 대로 두들겨 팼다. 그러나 상어들은 뱃머리 쪽으로 몰려가서 한 놈씩 번갈아 가며, 또는 한꺼번에 덤벼들어 고기의 살점을 물어 뜯었다. 상어 떼는 한 번 더 덤벼들려고 되돌아왔고, 뜯긴 고기 살점들은 바다 아래에서 환하게 빛나고 있었다.

마지막 한 마리가 고기의 대가리를 향해 덤벼들자 노인은 모든 것이 끝났음을 알았다. 상어가 육중한 고기의 대가리를 물고는 쉽사리 뜯어내지 못하고 있자 노인은 그놈의 골통을 향해 키의 손잡이를 내리쳤다. 한 번, 두 번, 또 한 번을 내리치자 손잡이가 부러지는 소리가 들렸다. 그러자 노인은 그 부러진 끝으로 상어를 찔렀다. 살을 뚫고 들어가는 게 느껴졌고, 그 부러진 끝이 뾰족한 것을 알고는 또 한 번 힘껏 밀어 넣었다. 상어는 물었던 대가리를 놔주고 뒹굴면서 물러났다. 그놈은 몰려왔던 상어 떼의 마지막 놈이었다. 놈들이 뜯어 먹을 고기는 이제 남아 있지 않았다.

노인은 이제 거의 숨을 쉴 수 없었고, 입 안에서 이상한 맛을 느꼈다. 달콤하면서도 구리 같은 맛이 나자 노인은 순간 겁이 났다. 하지만 그 맛은 그리 오래 가지 않았다.

노인은 바다에 침을 뱉으며 말했다. "이거나 먹어라, 갈라노들아. 가서 사람 죽인 꿈이라 꿔라."

노인은 이제 돌이킬 수 없을 정도로 녹초가 됐음을 알았다. 배 꼬리 쪽으로 돌아가 이가 들쭉날쭉한 손잡이를 키 구멍에 넣으니 그런대로 맞아서 방향을 잡을 수는 있었다. 노인은 어깨에 부대를 두르고 배의 진로를 바로잡았다. 배는 가볍게 앞으로 나아갔고, 노인은 어떠한 생각도 감정도 들지 않았다. 이제 모든 것은 지나갔고 그저 영리하게 배를 잘 몰아 항구로 돌아가는 일만 남았다. 한밤중에 상어 떼가 나타나 식탁에서 음식 찌꺼기를 집어 먹으려는 듯 잔해뿐인 고기에 덤벼들었다. 그러나 노인은 신경 쓰지 않고 키를 잡는 일에만 집중했다. 무거운 짐이 없어진 배가 얼마나 순조롭게 나아가는지를 느낄 뿐이었다.

배는 아직 괜찮아. 노인은 생각했다. 키 손잡이 말고는 망가진 데가 없어. 손잡이야 쉽게 바꿔 달 수 있지.

어느덧 해류의 안쪽으로 들어왔음을 느낄 수 있었다. 해안을 따라 있는 마을의 불빛이 보였다. 자신이 어디쯤 와 있는지 알았기 때문에 항구로 돌아가는 것은 조금도 어렵지 않았다.

역시 바람은 우리의 친구야. 노인은 이렇게 생각하고는 뒤에 덧붙였다. 때에 따라 다르긴 하지만. 거대한 바다 역시 적이 될 때도 있지만 우리의 친구지. 침대도 마찬가지야. 노인은 생각했다. 침대도 내 친구야. 그래, 침대 말이야. 침대는 참 멋진 물건이야. 녹초가 돼도 가서 쉴 수 있거든, 하고 노인은 생각했다. 침대가 얼마나 편안한지 미처 몰랐어. 그런데 무엇이 너를 이렇게 녹

초로 만들었지? 노인은 생각했다.

"그런 건 없어." 노인이 소리 내어 말했다. "내가 너무 멀리 나가서 그래."

노인이 작은 항구에 들어왔을 때 테라스의 불은 꺼져 있었고, 사람들이 모두 잠자리에 들었음을 알 수 있었다. 계속해서 불던 미풍은 어느덧 거세져 있었다. 항구는 조용했고, 노인은 바위 아래에 있는 좁은 자갈밭에 배를 댔다. 도와주는 사람이 없어서 노인은 혼자 힘으로 배를 뭍에 바싹 끌어올렸다. 그러고는 배를 바위에 단단히 묶었다.

노인은 돛대를 빼내고 돛을 감아서 묶었다. 그런 다음 돛을 어깨에 메고 언덕을 오르기 시작했다. 그제야 비로소 노인은 자신이 얼마나 지쳤는지 알 수 있었다. 잠시 걸음을 멈추고 뒤를 보니 가로등 불빛을 받은 고기의 거대한 꼬리가 보였다. 꼬리는 배의 고물 뒤쪽에 꼿꼿하게 서 있었다. 하얗게 드러난 등뼈의 선과 시커먼 머리통에서 튀어나온 뾰족한 주둥이가 보일 뿐, 그 사이사이는 앙상하게 비어 있었다.

노인은 다시 언덕을 오르기 시작했다. 꼭대기에 다 와서는 그만 넘어져 돛대를 어깨에 멘 채 그대로 누워 있었다. 일어나려고 애를 써 봤지만 너무 힘들었다. 노인은 몸을 일으켜 앉아 돛대를 멘 채로 길 쪽을 바라봤다. 고양이 한 마리가 무슨 볼일이 있는지 길 반대편으로 건너가고 있었고 노인은 그 모습을 바라봤다. 그러고는 하염없이 길 쪽을 쳐다봤다.

마침내 노인은 돛대를 내려놓고 자리에서 일어섰다. 그리고 다시 돛대를 집어 어깨에 메고는 걷기 시작했다. 도중에 다섯 번을 앉아서 쉬고서야 오두막에 도착했다.

오두막 안으로 들어간 노인은 벽에 돛대를 기대어 세우고, 어둠 속에서 물병을 찾아 물을 한 모금 마셨다. 그러고는 침대에 누웠다. 노인은 담요를 끌어와 어깨와 등과 다리를 차례로 덮은 다음, 두 팔을 쭉 펴고 손바닥을 위로 향한 채 신문지에 얼굴을 파묻고 잠이 들었다.

다음 날 아침에 소년이 오두막 문 안을 들여다보았을 때 노인은 잠들어 있었다. 바람이 거세게 불어서 작은 어선들은 바다에 나갈 수 없었으므로 소년은 늦잠을 자고 일어나 여느 아침처럼 노인의 오두막에 들른 것이다. 소년은 노인이 숨을 쉬고 있음을 확인하고서 노인의 두 손을 보더니 울음을 터트렸다. 그리고 커피를 가져오려고 조용히 밖으로 나왔다. 길을 걸어 내려가는 내내 소년은 울음을 멈추지 않았다.

어부 여러 명이 노인의 배 주위에 모여 배 옆에 묶여 있는 것을 구경하고 있었다. 그중 한 명은 바지를 걷고 물에 들어가 낚싯줄을 갖다 대며 뼈의 길이를 가늠해 보았다.

소년은 그곳으로 내려가지 않았다. 이미 가 봤기 때문이다. 어부 한 사람이 소년을 대신해 배를 점검하고 있었다.

"좀 어떠시냐?" 어부 하나가 큰 소리로 물었다.

"주무시고 계세요." 소년이 큰 소리로 대답했다. 자신이 우는 모습을 사람들이 보든 말든 소년은 신경 쓰지 않았다. "깨우지 않는 게 좋겠어요."

"코끝에서 꼬리까지 오 미터 반이야." 고기의 길이를 재던 어부가 외쳤다.

"그럴 거예요." 소년이 말했다.

소년은 테라스에 들어가서 깡통 커피 한 잔을 주문했다.

"뜨거운 걸로 주세요. 우유랑 설탕도 많이 넣어 주시고요."

"다른 건 필요 없니?"

"네, 없어요. 이따가 뭘 드실 수 있는지 알아볼게요."

"정말 굉장한 고기더라." 가게 주인이 말했다. "그렇게 큰 놈은 처음 봤어. 어제 네가 잡은 두 마리도 꽤 괜찮더라."

"제가 잡은 게 뭐가 중요해요." 그렇게 말하고 소년은 또다시 울기 시작했다.

"너도 뭐 좀 마실래?" 주인이 물었다.

"아뇨." 소년이 말했다. "사람들한테 산티아고 할아버지를 귀찮게 하지 말라고 전해 주세요. 또 올게요."

"내가 마음 아파한다고 전해 드려."

"고마워요." 소년이 말했다.

소년은 뜨거운 커피가 든 깡통을 들고 노인의 오두막으로 가서 노인이 깰 때까지 곁에 앉아 있었다. 노인은 한 번 깰 듯하더니 다시 깊은 잠에 빠져들었다. 소년은 조용히 밖으로 나왔다. 길 건너편에서 커피를 데울 나무를 얻기 위해서였다.

마침내 노인이 잠에서 깨어났다.

"일어나지 마세요." 소년이 말했다. "이걸 드세요." 소년은 커피를 유리잔에 조금 따랐다.

노인은 잔을 받아서 마셨다.

"난 놈들에게 졌어, 마놀린." 노인이 말했다. "완전히 지고 말았어."

"아니에요. 그 고기한테 지신 게 아니라고요."

"그래, 맞아. 내가 진 건 나중의 일이지."

"페드리코 아저씨가 배와 어구를 손보고 있어요. 고기 대가리는 어떻게 할까요?"

"페드리코한테 잘라서 고기 잡는 덫에 쓰라고 해."

"창 같은 주둥이는요?"

"갖고 싶으면 가지렴."

"갖고 싶어요." 소년이 말했다. "이제 우리는 다른 일에 대한 계획을 세워야 해요."

"사람들이 나를 찾았니?"

"당연하죠. 해안 경비대랑 비행기까지 동원됐어요."

"바다는 너무 크고 배는 작아서 찾기 어려웠겠구나." 노인이 말했다. 노인은 자기 자신이나 바다가 아닌 누군가와 대화를 할 수 있다는 게 얼마나 기분 좋은 일인지 새삼 깨달았다. "네가 보고 싶었다." 노인이 말했다. "너는 뭘 잡았니?"

"첫날은 한 마리, 둘째 날에도 한 마리, 셋째 날은 두 마리 잡았어요."

"잘했다."

"이제 예전처럼 같이 잡으러 가요."

"안 돼, 나는 운이 없어. 운이 다했나 봐."

"그깟 운이 뭐가 중요해요." 소년이 말했다. "제가 운을 갖고 가면 되잖아요."

"너희 식구들이 뭐라고 하지 않을까?"

"상관없어요. 어제 두 마리나 잡았거든요. 하지만 이제 같이 잡으러 가요. 저는 아직 배울 게 많아요."

"잘 드는 창을 하나 구해서 배에 싣고 다녀라. 낡은 포드 자동차에서 나온 스프링으로 창날을 만들 수 있을 거야. 과나바코아에 가서 갈아 오면 돼. 아주 날카로워야 한다. 부러지기 쉬우니까 잘 달궈야 하고. 내 칼은 부러졌어."

"칼을 하나 구해 올게요. 스프링도 갈아 오고요. 이번 브리사는 며칠이나 더 불까요?"

"사흘쯤. 좀 더 오래 갈지도 모르겠다."

"제가 다 준비해 놓을게요." 소년이 말했다. "할아버지는 손이

빨리 낫도록 신경 쓰세요."

"손을 낫게 하는 법은 잘 알고 있다. 밤중에 뭔가 이상한 걸 뱉어 냈는데 가슴 속의 뭔가가 망가진 느낌이 들더라."

"그것도 얼른 나으세요." 소년이 말했다. "누우세요, 할아버지. 깨끗한 셔츠를 갖다 드릴게요. 잡수실 것도요."

"내가 없는 동안에 온 신문이 있으면 좀 가져다 다오." 노인이 말했다.

"빨리 나으셔야 해요. 저는 아직 할아버지한테 배울 게 너무 많으니까요. 뭐든지 다 가르쳐 주세요. 대체 얼마나 고생하신 거예요?"

"많이." 노인이 말했다.

"음식이랑 신문을 가져올게요." 소년이 말했다. "푹 쉬세요, 할아버지. 약국에서 손에 바를 것도 사 올게요."

"고기 대가리를 가져가라고 페드리코한테 꼭 전해 줘."

"네, 잊지 않을게요."

소년은 문밖으로 나와 닳고 닳은 산호 자갈길을 내려가며 또다시 울음을 터트렸다.

그날 오후 테라스에는 관광객 무리가 찾아왔다. 바다를 내려다보고 있던 한 여자가 빈 맥주 깡통들과 죽은 꼬치고기들 사이에서 무언가를 발견했다. 큼직한 꼬리가 달린 거대하고 허연 등뼈였다. 등뼈는 수면 위에 모습을 드러낸 채 흔들리고 있었다. 동쪽에서 불어온 바람이 항구 밖에서 거센 파도를 일으키고 있었다.

"저게 뭐죠?" 여자가 종업원에게 물으며 이제 해류에 쓸려 바다로 밀려 나가기를 기다리는 쓰레기에 불과한 그 커다란 물고기 등뼈를 가리켰다.

"티부론(tiburón, 스페인어로 상어를 뜻함—옮긴이)입니다. 상어의 일종이죠." 웨이터는 대답한 뒤 그동안 어떤 일이 일어났는지 설명하려 했다.

"상어한테 저렇게 잘생기고 아름다운 모양의 꼬리가 있는 줄은 몰랐네요."

"저도 몰랐어요." 여자의 일행인 남자가 말했다.

길 위의 오두막에서 노인은 또다시 잠들어 있었다. 노인은 여전히 엎드린 채 얼굴을 파묻고 잠들어 있었고 소년은 곁에 앉아 노인을 지켜봤다. 노인은 사자 꿈을 꾸고 있었다.

길 잃은 세대가 길 잃은 우리에게

노동욱(삼육대학교 창의융합자유전공학부 교수)

길 잃은 세대가 길 잃은 우리에게

길 잃은 세대

20세기 초반에 일어난 제1차 세계대전은 전 세계 역사에 지울 수 없는 큰 상흔을 남겼고, 철학과 문학을 포함한 인간 정신의 여러 영역에도 깊은 영향을 미쳤다. 전쟁은 인류가 쌓아 올린 문명을 파괴했으며, 비인간적인 폭력과 무차별적인 살상은 인간 존재 자체에 대한 근본적인 회의와 충격을 안겨 주었다. 그전까지 인류는 이성과 합리성을 기반으로 문명을 발전시켜 왔다고 믿었다. 그러나 전쟁은 인간이 과연 이성적이고 합리적인 존재인지에 대한 근본적인 의문을 제기하게 한 것이다. 그 결과, 근대의 '합리적 자아' 개념은 심각한 도전에 직면했다.

이러한 시대적 배경 속에서 프로이트^{Sigmund Freud}의 정신분석

학, 특히 성욕과 리비도Libido, 무의식 등을 중심으로 자아를 설명하는 그의 이론은 많은 주목을 받게 되었다. 인간을 이 세상에 '내던져진 존재'로 인식한 실존주의 철학 또한 같은 맥락에서 등장했다. 이는 결국 인간에 대한 낙관적 시선이 붕괴되고, 인간 존재의 본질에 대한 회의와 불안이 대두되었으며, 더 나아가 이에 대한 새로운 이해가 요구되었음을 의미한다.

"어쩌면 큰 전쟁이 될지도 몰라. 대규모 전쟁 말이야. 그렇다 해도 그것 또한 시작일 뿐이지. 새로운 것이 시작되고 있어. 옛것을 고집하는 사람들에게 그 새로운 것은 끔찍한 일이 될 거야."(헤르만 헤세,《데미안》, 이미영 옮김, 코너스톤, 198쪽)

헤르만 헤세 Hermann Hesse가 쓴《데미안Demian》의 한 구절이 함의하듯, 세계대전은 인간 존재에 대한 근본적인 사유를 촉발하는 계기가 되었다. 전쟁의 비극을 되돌릴 수 없다면, 인류는 이 전쟁을 계기로 마땅히 자기반성과 성찰의 기회를 가져야 했다. 다시는 이 같은 비극이 반복되지 않도록, 인간과 문명에 대한 진지한 (재)평가가 절실했다. 헤세의 표현대로 그 작업이 새로워서 끔찍하든, 끔찍해서 새롭든, 그것도 아니라면 끔찍하리만치 새롭더라도 말이다.

그런데 어니스트 헤밍웨이Ernest Hemingway가 살았던 전후戰後

미국은 전혀 다른 방향으로 나아갔다. 미국은 세계대전의 승전국으로서 정치적·경제적으로 큰 부흥을 누렸다. 국제적 위상이 강화되었고, 군수 물자 공급을 통해 막대한 수익을 거두었으며, 세계 질서 재편의 중심에 서게 되면서 강대국의 반열에 오르게 되었다. 미국은 사실상 세계대전의 가장 큰 수혜국이었던 것이다.

이러한 상황 속에서 미국은 전쟁에 대한 반성과 성찰보다는 물질적 풍요를 누리며 소비와 향락을 즐기는 분위기로 흘러갔다. 전후 미국 사회를 지배한 것은 성찰보다는 쾌락이었던 것이다. 그래서 흥청망청한 분위기의 전후 미국을 일컬어 '재즈 시대Jazz Age'라고 부르기도 했다. 그 시대는 사회적 격변 속에서 향락주의와 허무주의 그리고 물질만능주의가 뒤섞여 혼란스럽던 시대였다. 특히 산업의 성장과 포드주의Fordism로 인해 빈부격차가 심화되면서 가난한 이들의 상대적 박탈감은 극대화되었고, 이러한 시대적 분위기는 '미국의 꿈American Dream'에 대한 총체적 점검을 요구할 수밖에 없었다.

이러한 미국의 사회적 분위기에 환멸을 느낀 헤밍웨이를 비롯한 일군의 작가들은 미국을 등지고 유럽으로 떠났다. 헤밍웨이는 프랑스 파리에서 글을 쓰며 거트루드 스타인Gertrude Stein을 만나게 되는데, 그녀는 문학적 멘토이자 지적 동반자로서 헤밍웨이에게 큰 영향을 미친다. 파리에 있는 스타인의 살롱은 헤밍웨이와 같은 작가들뿐만 아니라 파블로 피카소Pablo Picasso를 비롯한

화가들도 즐겨 찾던 예술적 교류의 공간이었다. 당대 파리의 분위기는 우디 앨런Woody Allen의 영화 〈미드나잇 인 파리Midnight in Paris〉에도 잘 드러나 있다.

스타인은 헤밍웨이와 같은 전후 세대를 가리켜 "너희는 모두 길 잃은 세대야You're all Lost Generation"라는 말을 남긴다. 이는 제1차 세계대전 이후에 방향성을 잃고 방황하는 젊은이들을 가리키는 말로 문학사에 각인되었다. 스타인의 말은 헤밍웨이가 《태양은 다시 떠오른다The Sun Also Rises》의 제사epigraph로 인용하며 널리 알려지게 되었는데, 이는 그가 전후 세대의 정신적 방황과 정체성을 문학적으로 공인한 것이라 할 수 있다. '길 잃은 세대'에 속하는 작가로 헤밍웨이 외에도 《위대한 개츠비The Great Gatsby》로 유명한 F. 스콧 피츠제럴드F. Scott Fitzgerald가 있다. 길 잃은 세대 작가들은 제1차 세계대전 이후 미국 사회와 인간 존재에 대한 깊은 환멸을 공유했고, 이를 각자의 문학적 방식으로 풀어냈다. 전후 시대의 허무감, 실의와 상실감, 가치관의 혼란 속에서 그들은 새로운 문학적 감수성과 스타일을 실험하며 현대 문학의 지형을 바꾸어 놓았다. 헤밍웨이는 전후 시대에 기존의 전통, 이념, 사상, 종교 등의 참조 체계가 무너져 내리는 것을 목격했고, 그 속에서 삶의 본질을 몸소 치열하게 겪어 내고 진실하게 기록하려는 작가 정신을 추구했다.

노인과 바다

그렇다면 헤밍웨이의 작가 정신은 그의 대표작 《노인과 바다 The Old Man and the Sea》에 어떻게 녹아들어 있는가? 그리 길지 않은 이 소설은 줄거리만 보면 다소 단조롭게 느껴질 수 있다. 배경은 멕시코만의 바닷가로, 주인공은 산티아고라는 나이 든 어부다. 그는 홀로 바다에 나가, 거대한 청새치와 사투를 벌인다. 며칠 밤낮에 걸친 사투 끝에 산티아고는 청새치를 낚는 데 성공하지만, 피 냄새를 맡고 몰려든 상어 떼의 공격을 받는다. 그는 노쇠한 몸을 이끌고 필사적으로 맞서 싸우지만, 결국 앙상하게 뼈만 남은 청새치와 함께 항구로 돌아온다.

그러나 이 단순해 보이는 줄거리 안에는 승리와 패배, 삶과 죽음, 인간의 고독과 존엄에 대한 깊은 통찰이 담겨 있다. 헤밍웨이는 '하드보일드 스타일hard-boiled style'이라는 특유의 건조하고 절제된 문체로 인물의 내면과 존재의 본질을 포착해 낸다. 《노인과 바다》는 그 정점에 있는 작품이라 할 수 있으며, 헤밍웨이가 노벨 문학상을 받는 데 결정적인 역할을 한다. 뿐만 아니라 《노인과 바다》는 헤밍웨이 스스로도 자신의 작품들 가운데 최고의 것이라 평가한 바 있다. 《노인과 바다》는 헤밍웨이가 말년에 쓴 작품으로, 1952년 〈라이프Life〉 지에 발표되자마자 전 세계적으로 큰 반향을 일으켰다. 《노인과 바다》가 실린 〈라이프〉 지 9월호는 무려 오백삼십만 부가 팔리며 대 히트를 기록했다. 이듬해인

1953년 헤밍웨이는 퓰리처상을 받고, 1954년에는 노벨 문학상을 받는다.

산티아고는 무려 팔십사 일 동안 단 한 마리의 물고기도 잡지 못해 마을 사람들로부터 "살라오"(8쪽) 취급을 받는다. 살라오는 스페인어로 지독하게도 운이 없음을 뜻한다(8쪽). 여기서 '운'이란 무엇일까, 그리고 헤밍웨이는 소설이 시작되자마자 왜 산티아고의 '운 없음'을 조명할까? 운이란 인간의 능력이나 노력과는 무관하게 주어지는 것, 다시 말해 인간의 힘으로는 어찌할 수 없는 어떤 힘이라고 할 수 있다. 《노인과 바다》에서 '운'은 일종의 자연적인 혹은 초자연적인 요소로 작용한다. 예컨대 산티아고는 팔십사 일 동안 날마다 바다에 나가지만 단 한 마리의 물고기도 잡지 못하는 '운 없음'을 겪는다. 그리고 마침내 팔십오 일째 되는 날, 거대한 청새치를 잡지만 육지로 끌고 오는 동안 상어 떼에게 뜯겨 결국 뼈만 남게 되는 '운 없음'을 겪는다. 산티아고는 상어 떼와의 싸움을 "의미 없는 싸움"(111쪽)이라고 표현한다. 어쩌면 우리 인간은 산티아고처럼 '운'이라는 장난의 희생양인지도 모른다. 헤밍웨이는 《무기여 잘 있어라 A Farewell to Arms》에서 이를 "더러운 덫 dirty trick"이라고 표현하기도 했다. 운은 누구에게나 불공평한 옷을 입고 찾아오고, 그것은 인간의 힘으로 통제할 수 없다.

그렇다면 중요한 것은, 그 운을 대하는 우리의 '태도'일 것이다. '더러운 덫'에 걸린 우리가 할 수 있는 일은 그 덫을 어떤 관점으로 바라볼 것인지 그리고 그 덫 앞에서 어떤 자세를 취하며 살아갈 것인지를 결정하는 것이다. 그것이야말로 '운'이라고 불리는 '더러운 덫'에 걸린 채로 우리가 가질 수 있는 한낱 주체성인 셈이다. 산티아고는 바로 이런 점에서 주목할 만한 인물이다. 그는 연이은 불운 속에서도 끝까지 싸우며 자신의 존엄을 지켜낸다.

헤밍웨이가 자신의 작품에서 일관되게 강조한 것이 있으니, 그것은 '압박 속에서의 위엄grace under pressure'이다. 삶은 늘 압박의 연속이다. 그 압박의 실체가 무엇이든 우리가 그 압박을 결코 피할 수 없다는 것만큼은 엄연한 사실이다. 우리는 앞에 묵직하게 덩그러니 놓인 역경을 보며 무력감을 느낀다. 어쩌면 인생이라는 전쟁터 속에 놓인 우리는 마치 체스판의 말처럼 무력한 존재일지 모른다. 그럼 역경을 피할 수 없다면 어떻게 맞설 것인가? 이에 대한 헤밍웨이의 대답은 명확하다. 그것은 바로 '품위 있게 마주하고 견뎌라'이다. 설령 '더러운 덫'에 걸려 모든 걸 잃는다고 해도, 이를 품위 있게 마주하고 버틴다면 그걸로 충분하다는 것이다.

《노인과 바다》에서 가장 유명한 대사 하나를 꼽으라면 아마도 이 문장일 것이다. "인간은 부서질 수는 있어도 패배하지는 않아."(97쪽) 이 대사에 담긴 의미는 명확하다. '더러운 덫'과도 같

은 운명의 장난 앞에서, 인간의 힘으로 어찌할 수 없는 (초)자연
적인 힘 앞에서 인간은 무력하게 바스러질 수는 있지만, 역경 속
에서도 위엄 있게 살아간다면, 아니, 설령 죽더라도 위엄 있게 죽
어 간다면 패배하지 않는다는 것이다. 이 작품의 서두에서 산티
아고의 배에 달린 돛을 "밀가루 포대로 여기저기 기워 붙인 둘둘
말린 돛은 영원한 패배를 상징하는 것처럼 보였다"(8쪽)라고 묘
사하는 구절이 있다. 그러나 산티아고의 "바다와 똑같은 빛을 띤
두 눈은 기운이 넘쳤고 지칠 줄을 몰랐다."(9쪽) 산티아고가 식
당에 들어서자 몇몇 어부들이 그를 놀려 댔지만, 산티아고는 언
짢아하지도 않는다. 팔십사 일 동안 물고기를 잡지 못해 다른 사
람들이 '영원한 패배'의 상징처럼 여긴다고 해도, 한 번도 패배한
적 없는 사람처럼 당당한 산티아고의 태도가 바로 헤밍웨이가
말하는 '압박 속에서의 위엄' 있는 자세다.

　헤밍웨이는《노인과 바다》뿐만 아니라 자신의 여러 작품에서
역경 속에서도 위엄 있는 자세를 견지하는 인물들을 반복적으로
그려 냈다. 이런 인물들은 '헤밍웨이적 인간Hemingway Code Hero'
이라고 불리는데, 이는 감정을 억제하고 담담하게 역경을 참고
견디는 인물, 적대적인 우주와 용감하게 싸우는 영웅적인 개인을
뜻한다. 그러나 산티아고의 매력은 '영웅답지 않은 영웅성'에 있
다. 그에게서 스며져 나오는 용기는 요란한 외침이 아니라 말 없
는 담담함에 있다. 이 소설의 마지막 부분에서 돛대를 어깨에 멘

처 언덕을 오르는 산티아고의 모습은 자신이 진 십자가의 무게를 묵묵히 견디는 예수의 모습을 연상시킨다. 이런 점에서 산티아고가 역경을 용기 있게 이겨 낸다기보다는 역경을 묵묵히 품어 낸다는 표현이 더 적절할 것이다. 어쩌면 그는 단순히 문학 속 인물이 아니라, 우리가 인생에서 닮고 싶어 하는 어떤 모습이며, 우리가 궁극적으로 지향해야 할 삶의 태도일지도 모르겠다.

노인과 소년

《노인과 바다》에서 눈여겨볼 만한 또 하나의 주제는 산티아고의 고독함이다. 산티아고는 철저히 혼자이며, 처절하게 홀로 싸운다. 그러나 그는 자신의 신념과 원칙을 지키며 고독한 싸움을 묵묵히 감내한다. 그의 싸움은 누군가에게 보이기 위한 것이 아니다. 아니, 심지어 다른 누군가와 싸우는 것도 아니다. 그 싸움은 오롯이 자기 자신을 증명해 내기 위한 싸움이다.

우리는 살아가면서 흔히 '라이벌'이라는 것을 만들어 낸다. '옆자리에 앉은 일등 학생만 이기면 내가 일등인데….' '옆자리에 앉은 동료만 제치면 내가 승진할 텐데….' 그러나 이러한 경쟁의식은 얼마나 협소한 관점에서 비롯된 것인가? 때로는 '선의의 경쟁'이라는 말로 아름답게 포장하려 하지만, 결국 타인과의 경쟁이란 자신의 협소한 시각을 고스란히 드러내고 말 뿐이다. 헤밍웨이는 《노인과 바다》를 통해 바로 이 점을 돌아보게 한다. 산티아고는 자신과 겨루는 청새치를 때려눕혀야 하는 경쟁자나 적, 혹은 정복의 대상으로 보지 않는다. 오히려 그 청새치에게조차 존경심을 품는다. 더 나아가, 자신이 낚은 청새치를 처참하게 물 어뜯는 상어들조차도 자연의 일부이자 삶의 일부로 받아들인다. 산티아고는 누구와도 공유되지 않는 싸움을 이어 나간다. 그 싸움은 고독하지만 위엄 있는 싸움이다.

그러나 이 고독한 산티아고에게도 그 곁을 지키는 존재가 있으니, 그것은 소년 마놀린이다. "소년은 날마다 빈 배로 돌아오는 노인이 안쓰러웠다. 그래서 늘 노인을 마중 나가 감아 놓은 낚싯줄이나, 갈고리, 작살, 둘둘 말아 놓은 돛 따위를 나르는 일을 도왔다."(8쪽) 그리고 잠든 노인에게 따뜻하게 담요를 덮어 주는 것도 마놀린이다. 무엇보다 불운한 산티아고를 신뢰하는 유일한 사람이 바로 마놀린이다. 하지만 정작 산티아고가 청새치를 잡기 위해 바다로 나갈 때, 마놀린은 곁에 없다. 노인은 배에서 낚시를 하며 혼잣말을 한다. "그 아이가 같이 왔으면 좋았을 텐데. 도움도 받고 이런 순간도 함께 구경했을 텐데." (44~45쪽) 산티아고는 낚시를 함께할 사람, 낚시 중에 대화를 나눌 사람, 자신을 도와줄 사람, 무엇보다 그 위대한 사투를 함께 지켜봐 줄 사람을 그리워한다. 그래서 마놀린의 부재는 산티아고에게 아주 큰 공백으로 다가온다. 다시 말해 역설적으로 마놀린은 부재함으로써 존재한다.

그렇다면 마놀린의 부재는 무엇을 상징할까? 헤밍웨이는 마놀린의 부재를 통해 결국 인간은 근본적으로 혼자라는 사실을 강조하고 싶었던 게 아닐까. 그렇다. 인간은 궁극적으로 혼자다. 우리를 응원하고, 격려하고, 위로하고, 도와주고, 기도해 주는 사람들이 주변에 있더라도, 인생의 가장 결정적인 싸움은 오롯이 혼자서 치러야 한다. 예컨대 수능 시험, 입사 시험, 승진 시험 등 중요한 시험을 앞두고 있을 때를 떠올려 보자. 가족들이, 친구들이 나를 응원하고, 격려하고, 도와주고, 기도해 주더라도 압박감을 안고 시험장에 들어가서 문제를 풀어야 하는 것은 오로지 나 혼자이며, 그 무거운 결과나 책임을 떠안게 되는 것도 오롯이 나 혼자이다. 그래서 인간의 싸움은 본질적으로 고독한 싸움이다. 《노인과 바다》는 산티아고의 고독한 싸움을 통해 궁극적으로 삶에 대한 우리의 자세가 어떠해야 하는지를 말해 준다. 물고기를 낚든 낚지 못하든, 그 싸움은 외롭지만 의미 있을 것이고, 처절하지만 고귀할 것이다. 헤밍웨이는 인생이라는 고독한 싸움에서 '그렇다면 당신은 어떻게 싸울 텐가?'라는 질문을 우리에게 던지는 듯하다.

길 잃은 세대가 길 잃은 우리에게

그렇다면 산티아고는 누구와 싸움을 벌였을까? 그것은 청새치도 아니었고, 상어 떼도 아니었으며, 다른 어부들은 더더욱 아니었음이 확실하다. 산티아고는 온 우주 속에서 오직 자기 자신과 싸웠다. 그의 싸움이 숭고한 이유가 바로 여기에 있다. 헤밍웨이가 한 것으로 알려진 이 말은 《노인과 바다》의 주제 의식과도 맞닿아 있다. "동료보다 우월하다고 해서 고귀한 것이 아니다. 진정한 고귀함은 과거의 자신을 넘어서는 데 있다." 당신은 지금 누구와 경쟁하고 있는가? 투쟁의 초점은 타인을 넘어서는 것이 아니라 온전히 어제의 나를 넘어서는 데 맞춰져야 한다.

싸움이란 늘 그 자체로도 버겁지만, 싸움이 끝났다고 해서 모든 것이 끝나는 것도 아니다. 산티아고는 청새치를 잡은 뒤 이렇게 말한다. "싸움이 끝났으니 이제 뼈 빠지게 일할 차례군."(90쪽) 그렇다. 청새치를 잡은 뒤 그것을 해안까지 끌고 가는 것도 오롯이 산티아고의 몫이다. 그리고 해안에 도달한 산티아고에게는 또 다른 싸움이 기다리고 있을 것이다. 이처럼 인생은 끝없이 이어지는 싸움들과 그 싸움 이후의 삶 그리고 또 다음 싸움을 준비하는 삶의 반복이다. 이런 맥락에서 헤밍웨이의 바다는 우리 인생의 축소판이다. 물고기를 낚기 위해 바다로 나가는 산티아고의 모습은, 뭔지도 모르는 무언가를 낚기 위해 매일 아침 이불 밖으로 나와 하루를 시작하는 우리의 모습과 얼마나 닮아 있는가? 뭔가를 낚았다 싶을 때 놓치기가 부지기수이고, 때론 운 좋게 뭔가를 낚아도 바로 다음 낚시를 준비해야 하는 우리의 모습과 얼마나 닮아 있는가? 삶이라는 사투를 계속해 나가는 우리에게 산티

아고는 묻는다. '자네는 어떤 태도로 싸움을 견디고 있는가?'

경쟁에 눈먼 오늘날의 사회, 때로는 타인을 깎아내리고 때로는 타인을 꺾고 자신이 위로 올라가려는 천박한 경쟁 사회에서 우리는 길을 잃고 말았다. 과거에 헤밍웨이가 걸었던 길과 잃어버린 길은, 우리가 걸어가는 길과 잃어버린 길과는 그 맥락이 많이 다르지만, 길 잃은 세대 헤밍웨이가 길 잃은 우리에게 전하는 메시지에 여전히 귀 기울일 필요가 있다. 먼저 길을 잃어 본 헤밍웨이가 오늘날 길을 잃은 우리에게 좋은 나침반이 되어 줄 것을 믿는다.

어니스트 헤밍웨이 연보

어니스트 헤밍웨이 연보

1899년

7월 21일, 미국 일리노이주 오크파크에서 태어남. 아버지 클래런스 헤밍웨이는 의사, 어머니 그레이스 헤밍웨이는 성악가로, 교양 있고 부유한 집안에서 성장함. 열 살 무렵 아버지로부터 사냥총을 선물 받은 이후로 오랫동안 사냥을 즐겨 함.

1917년(18세)

고향 오크파크에서 고등학교를 졸업 후 〈캔자스시티 스타〉 신문사에서 육 개월간 기자로 일하며 글쓰기 경력을 쌓기 시작. 이때의 경력은 헤밍웨이 표 하드보일드 문체의 기틀이 되었다고 알려짐.

1918년(19세)

5월, 제1차 세계대전 중 적십자 구급차 운전병으로 이탈리아 전선에 자원 입대. 군수품 공장 폭발 사고 현장에 투입.

7월, 최전선에 있는 병사들을 위해 초콜릿과 담배를 공수하던 중 박격포 공격을 받아 두 다리에 심한 부상을 입게 됨.

10월, 이탈리아 정부로부터 훈장을 받음.

전쟁 중 일곱 살 연상의 간호사 애그니스와 사랑에 빠지지만 청혼을 거절당하여 헤어짐. 이때의 경험은 훗날 작품 《무기여 잘 있어라 A Farewell to Arms》의 모티프가 됨.

1919년(20세)

1월, 제1차 세계대전 종전 후 미국으로 돌아옴.

1921년(22세)

9월, 여덟 살 연상의 해들리 리처드슨과 결혼.

12월, 전속 프리랜서로 일하던 〈토론토 스타〉 신문사의 특파원 자격으로 아내 해들리 리처드슨과 함께 프랑스 파리로 이주. 이곳에서 F. 스콧 피츠제럴드, 거트루드 스타인, 제임스 조이스, 에즈라 파운드 등과 교류하며 창작 활동을 이어감.

1922년(23세)
그리스-튀르키예 전쟁의 종군기자로 활동.

12월, 해들리 리처드슨이 파리 리옹역에서 헤밍웨이의 습작이 담긴 슈트케이스를 분실.

1923년(24세)
5월, 스페인으로 여행을 떠나 난생 처음 투우를 관람하게 됨.

7월, 첫 번째 작품《세 편의 단편과 열 편의 시Three Stories and Ten Poems》 출간. 이어 작품 집필에 집중하기 위해 토론토로 돌아가〈토론토 스타〉 에서 사직.

10월, 해들리 리처드슨과의 사이에서 아들 잭 헤밍웨이 탄생.

1924년(25세)
1월, 해들리 리처드슨과 함께 파리로 돌아옴. 포드 매덕스 포드가 창간한 문예지〈더 트랜스애틀랜틱 리뷰〉편집에 참여하며 초기작〈인디언 부락Indian Camp〉을 기고. 이후 단편집《우리들의 시대에In Our Time》출간.

1925년(26세)
10월,《우리들의 시대에》증보판을 뉴욕의 보니 앤 리버라이트 출판차에서 출간.

1926년(27세)

1월, F. 스콧 피츠제럴드의 소개로 편집자 맥스웰 퍼킨스를 만나 출판사 찰스 스크리브너스 선스Charles Scribner's Sons와 전속 계약.

5월, 소설《봄의 분류The Torrents of Spring》출간.

10월, 전후 세대의 허무주의와 방황을 그린 첫 장편 소설《태양은 다시 떠오른다The Sun Also Rises》출간.

1927년(28세)

1월, 〈보그〉의 저널리스트인 폴린 파이퍼와의 불륜 관계가 발각되어 첫 번째 아내 해들리 리처드슨과 별거 후 이혼.

5월, 폴린 파이퍼와 재혼.

10월, 14편의 단편이 수록된 단편집《여자 없는 남자들Men Without Women》출간.

1928년(29세)

3월, 존 더스패서스의 권유로, 두 번째 아내 폴린 파이퍼와 함께 파리를 떠나 미국 플로리다주 키웨스트로 이주.

6월, 폴린 파이퍼와의 사이에서 아들 패트릭 헤밍웨이 탄생.

12월, 아버지 클래런스 헤밍웨이가 권총으로 자살했다는 소식을 듣게 됨

1929년(30세)
9월, 전쟁과 사랑을 주제로 한 자전적 장편 소설《무기여 잘 있어라》
출간. 전쟁의 비극을 허무주의적으로 묘사한 작품으로 문단의 높은
평가를 받으며 명성을 얻게 됨.

1930년(31세)
11월, 존 더스패서스와 사냥 여행 중 교통사고를 당함. 7주 동안 병원
신세를 지게 되었으며, 글을 쓰는 오른손의 신경이 돌아오는 데에 1년
가까이 걸림.

1931년(32세)
11월, 폴린 파이퍼와의 사이에서 아들 그레고리 헤밍웨이 탄생.

1932년(33세)
쿠바의 수도 아바나를 여행하며 청새치 낚시를 즐김.
9월, 스페인의 매력에 매료되어 투우를 소재로 쓴 논픽션《오후의 죽
음Death in the Afternoon》출간.

1933년(34세)

폴린 파이퍼와 케냐로 사파리 여행을 떠남.

10월, 단편집 《승자에게는 아무것도 주지 마라Winner Take Nothing》 출간.

1934년(35세)

필라Pilar라는 이름을 붙인 낚싯배로 카리브 제도를 항해하기 시작. 배의 이름은 추후 《누구를 위하여 종은 울리나For Whom the Bell Tolls》 속 등장인물의 이름으로 사용됨.

1935년(36세)

10월, 〈스크리브너스 매거진〉에 기고하던 케냐 여행의 경험을 기록한 논픽션 에세이 《아프리카의 푸른 언덕Green Hills of Africa》 출간.

1936년(37세)

8월, 잡지 〈에스콰이어〉를 통해 단편 소설 〈킬리만자로의 눈The Snows of Kilimanjaro〉 발표.

1937년(38세)

2월, 북아메리카신문연맹의 특파원으로 스페인 내전 취재. 내전 종군 기자의 경험은 추후 《누구를 위하여 종은 울리나》의 뼈대가 됨.

네덜란드 작가 요리스 이벤스와 함께 스페인 내전을 다룬 다큐멘터리 〈스페인의 대지〉를 제작.

10월, 미국 키웨스트를 배경으로 한 소설《가진 자와 못 가진 자To Have and Have Not》출간.

종군기자이자 작가인 마사 겔혼과 연인 관계를 맺음.

1938년(39세)

스페인 내전을 배경으로 한 희곡 〈제5열The Fifth Column〉과 여러 단편을 묶은 단편집《제5열과 초기 마흔아홉 개의 단편들The Fifth Column and the First Forty-Nine Stories》출간.

1939년(40세)

쿠바 아바나에 정착하여 이때부터 7년간 암보스 문도스 호텔에 머물며《누구를 위하여 종은 울리나》를 집필.

아바나 근처 핑카 비히아Finca Vigia 농장에서 마사 겔혼과 불륜 관계로 가정을 꾸림.

1940년(41세)

10월, 스페인 내전 중 게릴라전을 다룬 소설《누구를 위하여 종은 울리나》출간.

11월, 두 번째 아내 폴린 파이퍼와 이혼 후, 불륜 상대였던 마사 겔혼과 결혼식을 올림.

1941년(42세)

신문사의 특파원 자격으로 세 번째 아내 마사 겔혼과 함께 중국 방문.

1942년(43세)

직접 편집하고 서문을 쓴 《전장의 사람들Men at War: The Best War Stories of All Time》 출간.

1944년(45세)

노르망디 상륙 작전에 종군기자로 참여함. 당시 〈타임〉지의 특파원이었던 메리 웰시를 만남.

1945년(46세)

3월, 런던을 포함한 유럽 각지를 오가다 제2차 세계대전 종전으로 쿠바로 돌아옴.

12월, 세 번째 아내 마사 겔혼과 이혼. 메리 웰시와 세 번째 만남에서 청혼.

1946년(47세)

1월, 소설 《노인과 바다The Old Man and the Sea》를 비롯해 《에덴 동산The Garden of Eden》을 집필하기 시작.

2월, 메리 웰시와 결혼. 미국 아이다호주 케첨에 집을 구매하며, 이후 네 번째 아내가 된 메리 웰시는 헤밍웨이의 일생 마지막까지 곁을 지킴.

1947년(48세)

제2차 세계대전에서 종군기자로 활약한 공로로 미국의 동성훈장Bronze Star Medal을 수여 받음.

1948년(49세)

메리 웰시와 유럽으로 여행을 떠남. 베니스에서 만난 열아홉 살 아드리아나 이반치치와 사랑에 빠짐.

1950년(51세)

9월, 아드리아나 이반치치와의 사랑을 모티브로 쓴 《강 건너 숲속으로Across the River and into the Trees》를 출간하였지만 평론가들로부터 혹평을 받음.

1951년(52세)

6월, 어머니 그레이스 헤밍웨이 사망.

10월, 두 번째 아내 폴린 파이퍼 사망.

1952년(53세)

9월, 〈라이프〉 지 9월호에 《노인과 바다》를 먼저 공개. 큰 인기를 얻어 단행본으로 출간. 한 노인의 고독한 싸움을 통해 삶에 대한 인간의 태도를 그려낸 이 작품으로 세계적인 작가 명성을 얻게 됨.

1953년(54세)

《노인과 바다》로 픽션 부문 퓰리처상 수상.

1954년(55세)

아프리카 여행 중 두 번의 큰 비행기 사고를 당함. 첫 번째 사고가 발생하였을 때, 부고 소식이 전해지기도 했지만 오보로 판명. 이때의 사고로 인해 오랜 후유증을 앓게 됨.

10월, 《노인과 바다》로 노벨 문학상 수상.

1957년(58세)

쿠바에서 회고록 《움직이는 축제A Movable Feast》 집필 활동에 집중.

1959년(60세)

메리 웰시와 미국 아이다호주 케첨으로 돌아옴. 비행기 사고의 후유증으로 심각한 과대망상증과 우울증에 빠짐.

10월, 스페인을 순회한 내용을 담은 투우 견문기 〈위험한 여름The Dangerous Summer〉을 〈라이프〉지에 연재하기 시작. 이어 《움직이는 축제》의 집필을 마치고 《여명의 진실True at First Light》, 《에덴 동산》, 《해류 속의 섬들Islands in the Stream》 등의 집필을 활발히 이어 나감.

1960년(61세)

쿠바 혁명으로 인해 쿠바를 떠나 미국 아이다호주에 정착.

1961년(62세)

7월, 아이다호주 케첨 자택에서 엽총 자살로 생을 마감. 처음엔 사고사로 발표되었으나 이후 자살로 밝혀짐.

1964년

유작 《움직이는 축제》 출간.

1970년

유작 《해류 속의 섬들》 출간.

1977년

유작《88편의 시88 Poems》출간.

1985년

1959년에 라이프 지에 기고한 단편을 모은《위험한 여름》출간.

1986년

유작《에덴 동산》출간.

1987년

1936년 발표된 단편〈킬리만자로의 눈〉이 수록된《어니스트 헤밍웨이의 단편 전집The Complete Short Stories of Ernest Hemingway》출간.

1999년

50년대 후반 헤밍웨이의 아프리카 여행을 기록한《여명의 진실》을 아들 패트릭 헤밍웨이가 편집하여 출간.